독자와 출판사를 유혹하는 웹소설 시놉시스와 1화 작성법

독자와 출판사를 유혹하는 웹소설 시놉시스와 1화 작성법

발행일 2023년 6월 30일

지은이 13월의계절
펴낸이 박경화
펴낸곳 머니프리랜서
출판등록 2020.11.02.(제2020-11호)
주소 서울특별시 영등포구 양평로12가길 14 1214호
전화번호 070-8094-0613
이메일 freemoneylancer@gmail.com

편집/디자인 (주)북랩
제작처 (주)북랩 www.book.co.kr

ISBN 979-11-982372-0-0 13800

인기 작가를 꿈꾸는 웹소설 지망생의 비밀 레시피

독자와 출판사를 유혹하는 웹소설 시놉시스와 1화 작성법

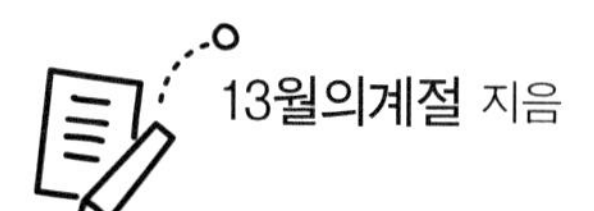

13월의계절 지음

머니프리랜서

CONTENT

들어가는 글 진입 장벽이 없는 웹소설 세계 8

작가 다짐 13

1장 작품을 쓰기 전 알아야 할 것들

01 이 정도면 충분한 인풋입니다 16
02 쓰고 싶은 소재, 써야 하는 문체 21
03 대박 소재 vs 내가 좋아하는 소재 30
04 흥행하는 작품의 3요소 35

2장 웹소설 1화 분량을 구성할 수 있는 요소들

01 여자 주인공 58
02 남자 주인공 62

03 악역 64
04 서브 남주 66
05 서브 여주 71
06 조연 72
07 시점 73
08 배경 75
09 시대 76
10 상황 요약 77
11 상황 묘사 79
12 인물 내면/심리 묘사 82
13 갈등 84
14 복선(새로운 플롯 암시) 85
매화 체크해야 할 20가지 질문 90

3장 후킹하는 1화를 작성하는 법

01 완벽한 1화를 쓰는 완전한 방법 97
02 1화는 모든 문장을 하나씩 철저하게 분석하자 103
03 1화 내용을 통째로 외울 정도로 보고, 또 보고, 또 고쳐라 104
04 스토리의 시작부터 쓰는 것이 아니다 106
05 Don't Tell, Show의 법칙 108
06 어렵다면 프롤로그를 쓰자. 반쯤은 먹고 간다 122
07 일인칭 시점의 내적 독백 126
08 1차원적 서술 vs 3차원적 서술 127
09 1화에 보편적으로 등장하는 장면 리스트 131
10 1화에서 반드시 피해야 할 내용 리스트 133

4장 첫 문장 쓰는 법

01 주인공의 대사 140
02 주변 인물의 주인공에 관한 대사 145
03 주인공의 풀 네임을 첫 줄로 써보자 146
04 낯설게 시작하라 148
05 가랑비처럼 독자에게 스며들어라 149
06 첫 화에 결정되는 것들 153

5장 무료 연재로 독자 사로잡기

01 무료 연재 시작하기 156
02 독자의 여정 158
03 작품명 정하기 162
04 조아라에 작품 올리기 171
05 문피아 업로드 176
06 작품 소개 작성하기 177
07 키워드 넣기 197
08 표지 이미지 199
09 플랫폼 내 노출을 늘리는 방법 - 조아라 205
10 장르별 추천하는 무료 연재 플랫폼 210

6장 출판사 사로잡는 완벽한 시놉시스 작성하기

01 장르 확정하기 246
02 작품 제목 247
03 이름/필명 248
04 예상 분량 249
05 이용 등급 251
06 작가 이력 253
07 연락처 254
08 연재처 링크/선작 255
09 키워드 256
10 기획 의도/로그 라인/셀링 포인트(감상 포인트) 257
11 등장인물 260
12 시놉시스 (줄거리 요약) 262
13 기승전결 265
14 작가 한마디 266

7장 출판사 투고하는 방법

01 출판사마다 요구하는 최소 기준은 다르다 270
02 투고용 메일은 분리하자 272
03 워너비 출판사에 가장 먼저 보내진 말자 273
04 투고용 메일 양식 275
05 월, 금은 피해서 메일을 보내자 277

마무리 279

_ □ X

들어가는 글

누군가가 자기 이웃보다 글솜씨가 좋거나
낚시를 잘하거나 쥐덫을 잘 놓는다면
그가 아무리 숲속에 집을 짓고 살아도
세상 사람들이 그의 문을 두드릴 것이다.

- 랠프 월도 에머슨

지금은 인터넷과 SNS의 발달로 휴대폰 한 대와 세상에 내보일 만한 무언가만 있다면 유명세와 부를 얻을 수 있는 시기입니다. 19세기에 미국의 작가 에머슨이 위와 같은 말을 했습니다. **당신이 어떤 분야에 특출난 능력이 있다면 세상 사람들은 당신을 가만두지 않을 거라고 말입니다.** 여러분들은 이 말에 동의하시나요? 저는 시간이 갈수록 위의 말을 체감하고 있습니다. 사람들은 재능이 뛰어난 사람, 주머니 속에 송곳 같은 사람을 절대 가만히 내버려 두지 않습니다. 그 능력을 제발 발휘해 달라며 주변에서 아우성을 치죠.

진입 장벽이 없는 웹소설 세계

웹소설은 초기 비용이랄 게 없습니다. 세상에 보여주고 싶은 작품이 있다면 그 글을 무료 연재처에 올립니다. 작품이 독자들의 열렬한 반응을 얻으면 출판사에서 컨택이 옵니다. 마음에 드는 출판사와 계약을 맺고, 작품은 플랫폼에 런칭됩니다. 완결이 난 이후에는 ebook으로 출간됩니다. 어떤가요? 세상에 선보이고 싶은 이야기가 있으신 분들이라면 이 세계에 뛰어들고 싶지는 않으신가요?

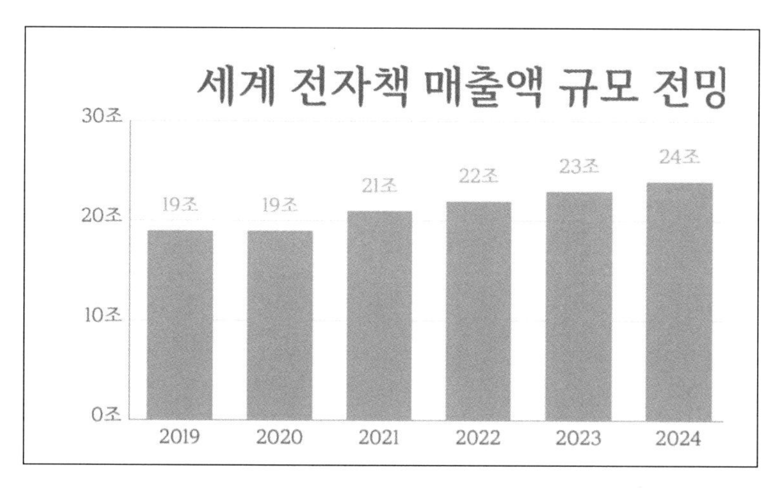

[환율 기준: 1,322원, 출처: 밀리의 서재 증권신고서]

웹소설은 코로나 시기 최고 부흥기를 맞이한 뒤, 현재는 주춤세를 보이고 있지만 여전히 웹소설 독자는 늘어나고 있습니다. 그와 동시에 작가가 되고 싶은 사람도 늘고 있죠. 다른 분야에서 글을 쓰다 웹소설 작가를 꿈꾸는 사람도 있지만, 웹소설은 오랫동안 독자였다가 작가로 데뷔하는 경우도 많습니다.

최근 웹소설 시장은 조금 어려워졌습니다. **무료 연재처의 힘이 예전 같지 않기 때문입니다.** 그래서 무료 연재를 하지 않고, 미공개 원고로 출판사에 투고하는 작가분들이 많아졌습니다. 무료 연재처에서 높은 선작수를 가진 작품이라 하더라도 플랫폼 런칭 이후, 반드시 흥행하리라는 보장이 사라졌기 때문입니다. 반면, 무료 연재처에서 선호작 수가 높지 않더라도 런칭 이후, 소위 대박 난 작품도 많아지는 추세입니다. **'선호작 수'가 '작품 흥행'을 의미하던 예전과 달리 웹소설 시장이 성숙해지며 독자가 선호하는 트렌드가 변화했다는 의미입니다.**

무료 연재처에서 투데이 베스트(이후 '투베'로 언급)에 들었던 작품은 최소 6개월에서 1년 이후(원고를 완결하고, 플랫폼 심사에 걸리는 기간) 유료 런칭 소식이 들려옵니다. 저도 재밌게 보던 작품은 작가가 런칭한 플랫폼을 따라가는데요. 무료 연재처에서의 독자 반응과 플랫폼 독자 반응이 다른 경우가 점차 많아지는 추세입니다. 참고로 각 런칭한 작품의 플랫폼의 선호작 개수를 대략적으로 계산하는 방법은 아래와 같습니다.

총조회 수 ÷ 총회차 수 = 플랫폼에서 보고 있는 사람 수
(선호작 수)

런칭 이후에는 이용권 및 무료로 제공하는 회차가 있어 위 계산식에는 허수가 포함되어 있지만 위 공식으로 나온 수가 '현재 연재를 달리는 독자의 수'입니다.

만약, **총조회 수가 100만이고(밀리언 뷰) 총 회차 수가 100화라고 한다면 이때 나오는 선호작 수가 1만 개입니다.** 따라서 무료 연재처의 선호작 1만 개가 넘어가는 작품은 회차 수가 100회를 넘으면 단순 계산식으로 총 뷰 수가 100만 뷰 이상이 나옵니다. 이윤을 내야 하는 출판사 입장에서는 아무래도 선호작 수가 높은 작품을 우선적으로 컨택합니다.

다만, 선호작이 1,000개나 그 미만이라 하더라도 원고 및 소재를 보고 컨택하는 출판사도 있습니다. 또한, 기대에 못 미치는 선호작 수라 하더라도 유료 런칭 이후, 플랫폼 분위기에 따라 흥행하는 작품이 탄생하기도 합니다.

신인이라면

기성 작가(작품을 1질 이상 출간한 작가)가 아닌 신인이라면 무료 연재를 꼭 해보세요. 무료 연재에서 만족스러운 선호작 개수가 나오지 않았다면 출판사 투고 결과를 통해 작품의 상업성에 대한 평가를 받아볼 수 있습니다. 상업성이 있을 경우, 투고 합격 연락이 옵니다.

무료 연재처에서는 독자의 반응을, 출판사에서는 오랫동안 작품을 출간해 온 경험자들에게 본인 작품의 피드백을 받아보는 겁니다. 아마, 자신이 혼자 썼을 때(흔히, '벽보고 쓴다'라고 표현합니다.)는 깨닫지 못한 오류나 실수 그리고 어떤 부분으로 인해 상업성이 부족한지 알 수 있습니다. 웹소설 작가가 되고 싶은 분들이라면 이 책에서 설명하는 내용을 모두 시험해 보시고 올해가 가기 전, 자신만의 작품을 가진 작가로 데뷔하셨으면 좋겠습니다.

_ □ X

작가 다짐

작가가 되고 싶은 이유가 무엇인가요?

답변:

무료 연재를 시작하면 작품을 중단하고 싶은 마음이 수시로 돋아납니다. 기성 작가분들도 작품을 완결까지 쓸 수 있는 동기는 계약이라고 말할 만큼 무언가 확실한 보상이 없는 상태에서 글을 쓰는 건 매우 힘든 일입니다. 계약을 맺지 않거나 유료 런칭이 확정되지 않는 신인일 경우, 작품을 끝까지 써야 할 동인이 굳건하지 않습니다.

작품이 무료 연재처에서 열렬한 환영을 받지 않는다고 하더라도 출판사 투고를 했지만 모두 불합격이 됐다 하더라도 여러분이 시작한 작품을 끝까지 써야 하는 이유가 무엇인가요?

저는 글을 써야 하는 이유가 매번 바뀌었지만(이 소재는 메이저가 아니야, 선호작 수가 낮아, 댓글이 달리지 않아, 출판사 컨택이 오지 않아, 바로 출간 계약을 맺을 수 있는 소재와 컨셉으로 작품을 써야 하지 않을까 등등) 완결까지 작품을 쓴 동인은 하나였습니다.

'이런 사랑 이야기 하나쯤은 세상에 있어도 괜찮잖아?'

시간이 흘러 지금과는 다른 글 쓰는 이유가 생길 수 있지만 다른 어떤 동인보다 위의 다짐이 작품을 끝까지 쓰는 데 가장 큰 힘을 줬습니다. 데뷔작부터 성공하는 분들도 분명 존재하지만 상업성과 데뷔만을 목표로 글을 쓰다 보면 성공하기보다 실패하는 작품을 쓰게 될 확률이 상대적으로 높습니다. 여러분이 첫 작품은 무조건 완결을 내겠다고 결심했을 때, **어떤 가치가 어렵고 힘든 상황에서도 글을 쓰게 만드는 힘을 주나요?** 이 책을 읽기 전 자신에게 질문해 봅시다. 직접 작품을 써 보면 알겠지만 시작하는 작가도 대단하지만 완결을 내는 작가가 더 위대합니다.

웹소설 시장에서 끝까지 살아남는 사람은 초대박 작품을 쓴 작가가 아닙니다. 평생 일하지 않아도 될 만큼 재산이 있음에도 글쓰기가 좋아 글을 매일 쓰는 사람이 살아남는 아주 무서운 곳입니다. 여러분은 내일 지구가 멸망하더라도 오늘 글을 쓰는 사람인가요?

1장

작품을 쓰기 전 알아야 할 것들

실력의 80%는 마지막 줄을 쓰는 순간 는다.

그게 장편이든 단편이든.

나머지 20%는 퇴고하면서 늚

- 이상균, 판타지 소설 1세대 작가

01
이 정도면 충분한 인풋입니다

기준을 말씀드리겠습니다. **여러분이 쓰고 싶은 키워드와 문체, 내용이 카카오, 시리즈, 리디 이 세 가지 플랫폼 중에 어디에 가장 적합할지 감이 안 잡힌다면 인풋이 부족한 상태**입니다. 지피지기면 백전불태입니다. 여러분이 쓸 작품의 정체성을 스스로 판단하지 못한다면 다른 사람의 말에 휘둘리고 이도 저도 안 되는 작품이 나옵니다. 따라서 여러분이 쓰고 싶은 웹소설은 어떤 내용과 방향인지 입 밖으로 바로 튀어나와야 합니다. '음, 내가 쓰고 싶은 작품은 시리즈에서 선호하는 소재지만 쓰고 싶은 문체는 카카오네.'라는 평가를 할 수 있다면 충분한 인풋이 된 상태입니다.

인풋 하는 방법

인풋 하는 정도(正道)는 한 작품을 선택해 처음부터 끝까지 읽어보세요. 장르나 플랫폼 구별 없이 제목이나 표지, 작품 소개를 보고 하나의 작품을 정합니다. 끝까지 완독하는 작품도 있고, 중도에 하차하는 작품도 있을 겁니다. 완독하는 작품의 이유를 분석해 보세요. 어떤 소재를 가진 작품이었고, 캐릭터 키워드 중 가장 끌린 것은 어떤 것이었으며 등장인물의 말투는 어떠했는지 혹여나 마음에 들지 않는 부분이 있었더라도 끝까지 완독한 이유는 무엇인지 사소한 사항까지 전부 기록합니다.

반면, 작품을 끝까지 완독하지 못하고 **하차한 이유에 대해서도 꼼꼼한 기록이 필요합니다.** 분명, 표지나 제목, 작품 소개에 끌려 읽었지만 1화에서 바로 하차를 한 이유가 있다면 그 이유는 무엇인지, 계속 연재를 달리다 특정 회차에서 하차할 수밖에 없는 사유가 발생했다면 그 이유가 무엇인지 상세히 기록합니다.

완독한 작품이라 하더라도 작품의 모든 부분이 마음에 드는 경우는 드뭅니다. 또한, 하차한 작품이라도 마음에 든 부분은 있게 마련입니다. 또한, 작품을 완독했다고 해서 끝이 아닙니다. 1 회차 완독을 하고 다시는 찾아보지 않는 작품이 있는 반면, N 회차를 했음에도(스토리의 진행과 결말을 다 알고 있음에도) 계속 찾아가 읽고, 또 읽는 작품이 있습니다.

여러분이 생각한 내용을 독자 모두 똑같이 생각하진 않습니다. **하지만 여러분이 쓰는 작품을 읽을 독자는 어떤 성향을 지닌 사**

람일까요? 여러분과 취향이나 성향이 비슷한 사람들이 독자가 될 확률이 높습니다. 그렇기에 여러분의 작품을 읽을 때, 독자들은 여러분이 타 작품을 읽을 때 느꼈던 감정과 비슷하게 느낄 확률이 높습니다.

따라서 작품에서 좋았던 부분이 있다면 왜 좋았는지, 작품에서 하차 요인이 있었다면 그것이 무엇이었는지 상세히 기록해 두고 흔들릴 때마다 자꾸 들여다보는 연습이 필요합니다. 집필하다 보면 자신이 올바른 방향으로 나아가고 있는지 불안할 때가 많습니다. 동료 작가나 출판사 담당자에게 상담이나 문의를 할 수 있지만 **결국, 여러분의 작품은 여러분이 가장 잘 알아야 합니다. 또한, 여러분의 목소리가 담겨 있어야 합니다.** 다른 사람의 기준에 흔들리지 않고 자신만의 고유한 색을 지닌 작품을 집필하는 기준점을 지금부터 만들어야 합니다.

예시를 들어보겠습니다. 제가 미친 듯이 실시간 결제를 하며 읽었던 작품이 있습니다. 밤을 새워서 읽었던 작품인데 완결까지 다 읽고, 전 회차를 소장하고 있음에도 ebook까지 구입한 작품이었습니다.

그런데 읽을수록 무언가 말로 설명할 수 없는 감정이 들며 그 작품이 꺼려지기 시작했습니다. **그렇게 내가 미친 듯이 읽었는데 왜**

다시 읽을 수 없는 작품이 되었을까? 깊은 고민 끝에 답을 찾았습니다. 주인공의 기본 선악관이 권선징악이 아니었기 때문입니다. 자신에게는 관대하고, 남에게는 엄격한 주인공의 모습에 저도 모르게 반감이 생겼습니다.

웹소설에서는 반드시 권선징악의 결말이나 주인공의 선악관이 성선설일 필요는 없습니다. 제목에서부터 악역이나 천마 등 보편적인 문화에서 부정적으로 취급받는 이들이 주인공으로 등장하는 곳이 웹소설 세계입니다. (하지만 대부분 악역 껍데기만 쓰고 있을 뿐 진짜 악역은 따로 있습니다. 다만, 이러한 인물로 설정함으로써 주인공의 행동은 반드시 선할 필요는 없다는 전제가 독자들에게 제공됩니다.)

저는 웹소설에서도 권선징악이나 절대 선을 믿고 행하는 주인공을 선호하며 그러한 내용이 나오는 작품들을 여러 번 정주행했습니다. **이것이 중요한 이유는 작가로서 생활을 계속하기 위해서는 어떤 플랫폼을 가더라도 작가의 필명을 따라오는 팬을 만들어야 하기 때문입니다.** 플랫폼에 상관없이 작가의 신간이 발간되면 어디든 따라가는 팬들은 어떻게 생겨날까요? 바로 작품입니다. 자신이 즐겨보던 작품의 작가를 따라갑니다.

결국, 이런 보이지 않는 가치관과 느낌이 모여 그 작가만의 스타일이 탄생합니다. 웹소설에서 유행하는 소재나 키워드를 사용해도 그 작가만의 고유한 스타일이 묻어나는 작품이 완성됩니다. 이 작가의 글에서만 느낄 수 있는 무언가가 있다면 독자들은 여러분의 글이 외딴섬에 출간돼도 보겠다며 따라올 것입니다. 에머슨의 말을 다시 한번 떠올려 봅시다. 상업성과 흥행도 중요한 요소지만 작품에 여러분의 고유한 색과 가치가 담겨 있나요? 작품도 중요하지만 그보다는 여러분의 필명을 보고 무조건 따라올 팬을 만드는 것이 중요합니다.

02
쓰고 싶은 소재, 써야 하는 문제

자신에게 맞는 플랫폼 찾기

(1) 카카오 페이지: 검색창에 해당 키워드로 검색

STEP 1) 쓰고자 하는 작품의 소재, 남주와 여주 키워드 및 줄거리 정리하기
STEP 2) 작품의 키워드를 5 ~ 10개 정도로 추출하기
STEP 3) 각 플랫폼에서 해당 키워드로 작품 검색하기
STEP 4) 대표 키워드 작품 인기순으로 설정 후 조회 수(시리즈와 카카페) 평점 확인

예시) 작품이 '상처녀를 만난 후회남주의 갱생기'라면 작품 대표 키워드는 다음과 같습니다.
키워드: 후회남, 상처녀, 계약 관계, 궁정 로맨스

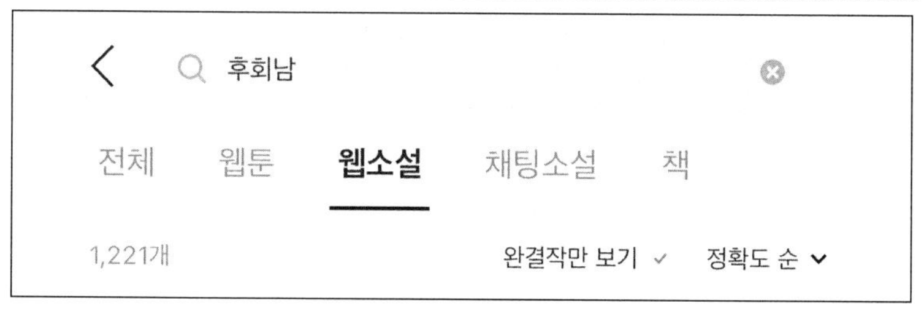

[카카오 페이지에서 '후회남'으로 검색한 결과]

[카카오 페이지에서 '상처녀'으로 검색한 결과]

여러분이 구상한 작품의 핵심 키워드를 카카오 페이지에 접속해 검색창에 넣으면 위와 같이 관련 작품의 수가 나옵니다. 예시로 든 후회남 키워드의 작품은 1,221개로 검색되고 상처녀 키워드는 3,287개입니다.

(2) 리디북스: 키워드로 검색하기로 접속

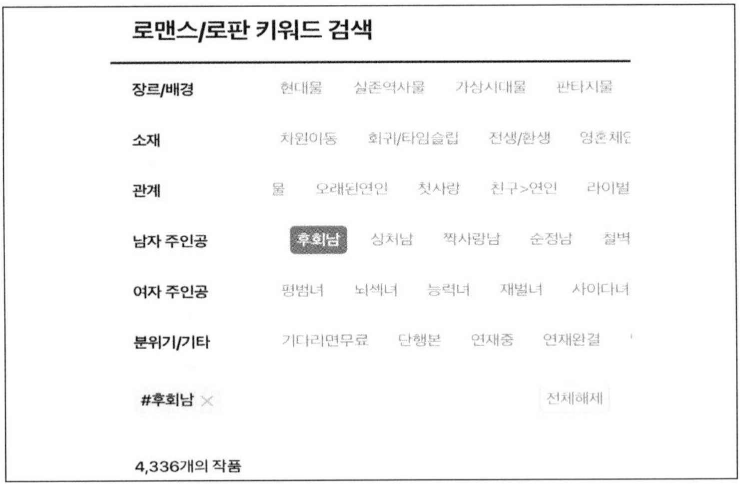

로맨스/로판 키워드 검색

장르/배경	현대물	실존역사물	가상시대물	판타지물	
소재	차원이동	회귀/타임슬립	전생/환생	영혼체ㅇ	
관계	물	오래된연인	첫사랑	친구>연인	라이벌
남자 주인공	후회남	상처남	짝사랑남	순정남	철벽
여자 주인공	평범녀	뇌섹녀	능력녀	재벌녀	사이다녀
분위기/기타	기다리면무료	단행본	연재중	연재완결	

#후회남 ×　　전체해제

4,336개의 작품

[리디북스에서 '후회남'으로 검색한 결과]

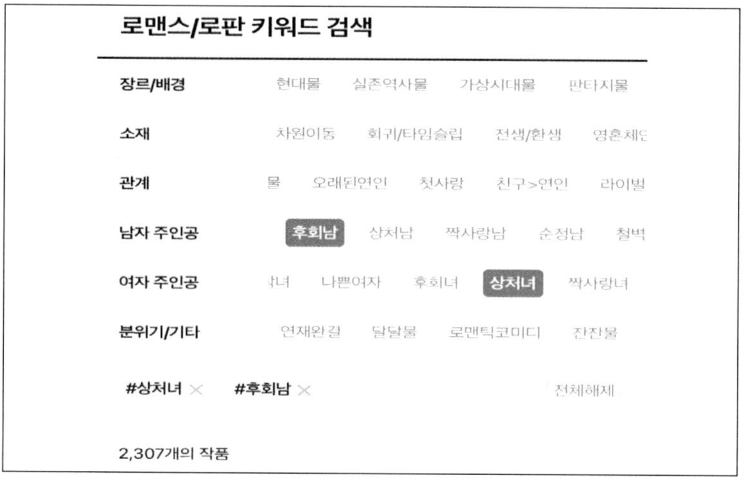

로맨스/로판 키워드 검색

장르/배경	현대물 실존역사물 가상시대물 판타지물
소재	차원이동 회귀/타임슬립 전생/환생 영혼체인
관계	물 오래된연인 첫사랑 친구>연인 라이벌
남자 주인공	후회남 상처남 짝사랑남 순정남 철벽
여자 주인공	녀 나쁜여자 후회녀 상처녀 짝사랑녀
분위기/기타	연재완결 달달물 로맨틱코미디 잔잔물

#상처녀 × #후회남 × 전체해제

2,307개의 작품

[리디북스에서 '상처녀'로 검색한 결과]

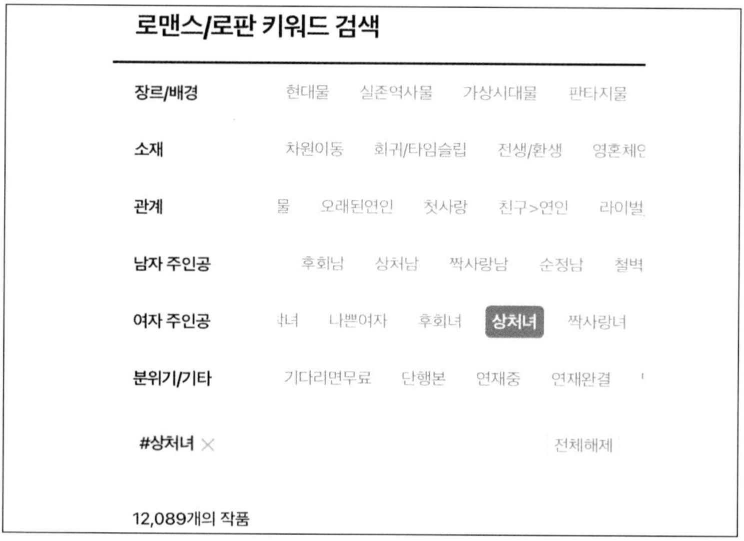

로맨스/로판 키워드 검색

장르/배경	현대물 실존역사물 가상시대물 판타지물
소재	차원이동 회귀/타임슬립 전생/환생 영혼체인
관계	물 오래된연인 첫사랑 친구>연인 라이벌
남자 주인공	후회남 상처남 짝사랑남 순정남 철벽
여자 주인공	녀 나쁜여자 후회녀 상처녀 짝사랑녀
분위기/기타	기다리면무료 단행본 연재중 연재완결

#상처녀 × 전체해제

12,089개의 작품

[리디북스에서 '후회남'X'상처녀' 조합으로 검색할 결과]

리디북스에서 후회남과 관련한 작품은 4,336개이고 상처녀와 관련한 작품은 12,098개입니다. 리디북스는 여러 개의 키워드를 중첩으로 선택할 수 있는데요. 상처녀와 후회남 키워드를 모두 가진 작품은 2,307개입니다. 참고로 BL도 키워드 선택을 할 수 있습니다.

(3) 네이버 시리즈

시리즈와 네이버 웹소설(네웹소)의 경우에는 키워드로 검색했을 때(#키워드나 키워드 모두) 제목에 해당 키워드가 포함된 작품 결과만 나오기 때문에 정확한 작품 개수를 파악하는 것이 현재로서는 불가능합니다. 다만, 해당 키워드로 검색되는 작품의 조회수와 별점을 통해 시리즈 내에서 해당 키워드의 인기도를 측정할 수 있습니다.

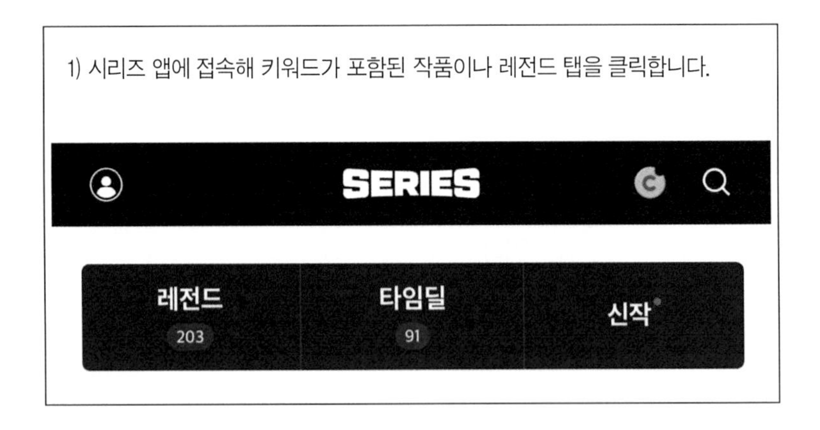

1) 시리즈 앱에 접속해 키워드가 포함된 작품이나 레전드 탭을 클릭합니다.

2) 시리즈에서는 최대 5개의 키워드가 노출됩니다. 회색 음영이 칠해진 해시태그 키워드를 클릭합니다.

#로판회귀물 #궁정로맨스 #걸크러시

#소유욕/집착 #후회남

3) 후회남 태그가 있는 작품이 검색 결과로 나옵니다.

< #후회남

#궁정로맨스 #로판환생물 #책빙의로판

 완결작 인기순▾

특히 시리즈 레전드(203) 탭을 클릭하면 가장 많은 조회수를 기록한 작품들을 순서대로 확인할 수 있습니다. 여러분이 쓰려는 장르의 작품을 찾아 해당 작품의 키워드를 확인하면 됩니다.

그렇다면 로맨스 판타지 후회남과 상처녀 키워드를 가진 작품은 어느 플랫폼에서 런칭되는 것이 가장 좋을까요? 작품 수가 카카오 페이지보다는 리디북스가 많기 때문에 리디북스와 시리즈 중 선택을 해야 하는데요. 시리즈 레전드 작품을 살펴보면 상위권을 차지한 작품의 키워드가 상처녀와 후회남이기 때문에 19금 로판이라면 리디북스, 전 연령대이거나 15세 연령가라면 시리즈에서 런칭되는 것이 좋습니다. 작품의 총개수와 평점, 인기도는 결국 독자풀과 직결되기 때문입니다.

작품과 어울리는 플랫폼

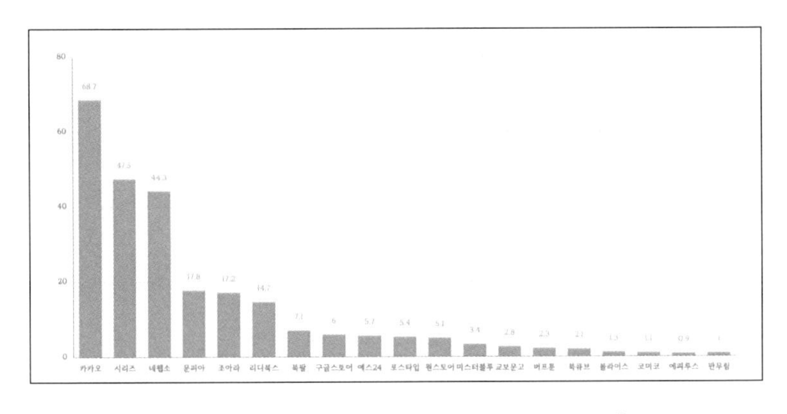

[웹소설 이용 플랫폼 순위 출처: 케이디앤리서치. 2020년]

한국 콘텐츠 진흥원장이 케이디앤리서치에 의뢰한 결과에 따르면 **카카오, 네이버 시리즈, 네이버 웹소설** 순으로 이용자가 많습니다. 각각 40~68%로 다른 플랫폼을 이용하는 이용자의 2배 이상입니다. 그다음으로 문피아, 조아라, 리디북스 순서입니다. 여러분은 웹소설을 읽을 때 어떤 플랫폼을 가장 많이 사용하시나요?

웹소설 유료 플랫폼은 대표적으로 시리즈와 카카오 페이지, 리디북스입니다. 3곳 모두 헤비 독자인 분들도 있고, 특정 플랫폼만 설치해 사용하는 분들도 있습니다. 보통 하나의 플랫폼만 사용하는 독자분들이 많은데요. 여러분도 잘 생각해 보면 모든 웹소설 플랫폼을 동일한 비중으로 사용하기보단 다른 곳보다 자주 접속하고, 꾸준히 작품을 읽는 플랫폼이 있을 겁니다. 저는 웹소설은 다양한 플랫폼에서 읽지만, ebook으로 출시되는 단행본은 리디북스를 가장 많이 이용합니다.

플랫폼마다 선호하는 작품 분위기가 과거에는 뚜렷하게 나뉘었던 것에 반해 최근에는 그 경계가 흐려지고 있습니다. 다양한 독자 유입을 위한 플랫폼의 노력이라고 할 수 있는데요. 19금 청소년 불가의 작품도 과거에는 리디북스에서만 독점적으로 런칭했던 것에 반해 최근에는 카카오 페이지와 시리즈도 소수지만 런칭되고 있습니다. 앞으로는 모든 플랫폼에서 점진적으로 전 연령대, 15금, 19금 작품 모두 만나볼 수 있을 거라 예상하는데요. 현재까지 플랫폼별 인기작을 확인했을 때 선호되는 작품 분위기는 아래와 같습니다.

로맨스 판타지의 경우 후회남, 복수, 황후와 무거운 분위기의 작품은 **시리즈**가 많습니다. 최근에는 여주판 작품이 런칭되는 경우가 과거보다 많아졌지만, 해당 장르의 주력 플랫폼은 카카오나 리디였습니다. 시리즈 문체는 단문보다는 복문이 많으며 영화처럼 그려지는 묘사법을 선호하는 독자들이 많습니다.

육아물과 성좌물, 게임판, 상태창, 시스템창 등과 결합한 로맨스 판타지 작품은 **카카오**가 많습니다. 육아물은 카카오 페이지의 인기 소재 중 하나입니다. 카카오 문체는 단문과 주인공 일인칭 시점이 압도적으로 많습니다.

19금 로판과 BL은 **리디**에서 가장 많이 런칭됩니다. 작품의 문체는 특별하게 선호되는 문체 없이 시리즈나 카카오풍의 문체 모두 사용됩니다. 다만, 19금 로판의 경우에는 단문보다는 복문이, 빠른 사건 전개보다는 인물의 심리나 상황에 대한 자세한 묘사를 선호합니다. 시점은 일인칭보다 3인칭 시점이 많습니다. BL의 경우에는 소재에 따라 문체가 달라집니다.

플랫폼	특징
시리즈, 리디	작중 인물의 속마음이 작은따옴표로 표시되지 않는다.
카카오	속마음이 작은따옴표로 표시된다.

쓰고 싶은 작품에 맞는 문체로 집필하기

웹소설을 쓸 때 무엇이 더 나은 문체란 것은 없습니다. 인터넷에 '웹소설 문체'로 검색하면 복문보다는 단문과 같이 호흡이 짧은 문장을 사용해야 한다고 나오지만, 반드시 그런 것만은 아닙니다. 복문이나 단문보다는 비문이 없고, 만연체라 하더라도 독자들에게 쉽게 익히는 글이면 상관없습니다.

플랫폼별 선호되는 문체도 있지만, **장르별로 반드시 써야 하는 문체와 용어가 있습니다.** 무협이라면 무협 용어 및 어울리는 문체를, 동양풍이라면 동양풍에 어울려야 하고, 로판이라면 로판다운 문체를 구사해야 합니다. 소재에 따라서도 문체나 단어가 달라지는데요. 전문직이 등장하는 소설은 전문 용어 및 그들이 사용하는 은어를 알아야 하고, 조폭이나 재벌, 스포츠, 연예계 등의 소재를 사용한다면 해당 소재에 어울리는 단어를 적절하게 구사해야 독자들의 몰입도를 높일 수 있습니다. 현대인이 빙의하거나 환생했다는 설정을 넣을 경우, 현대어가 등장해도 어색하지 않으나 이런 장치 없이 정통으로 진행된다면 해당 분야에 대한 충분한 인풋이 선행되어야 합니다.

_□×

03
대박 소재 vs 내가 좋아하는 소재

메이저 소재로 글을 쓸 것이냐 아니면 자신이 좋아하는 마이너 소재로 글을 쓸 것이냐로 귀결되는 문제인데요. 이미 언급했듯이 키워드로 선택할 수 있는 소재는 마이너는 아닙니다만, 똑같은 에너지로 글을 쓴다고 하더라도 대중이 선호하는 키워드가 있고, 그렇지 않은 작품이 있습니다. 단적인 예시로 연하남은 대중에게 선호되는 소재일까요? 연하남을 좋아하는 저로서는 안타깝지만 대중은 연하남보다 연상남 키워드를 선호합니다. 남자 주인공의 외모나 직업, 능력이 동일하지만 연상남일 경우, 연하남보다 대중의 선택을 받을 확률이 높아진다는 의미입니다.

로맨스로 더 예시를 들어보자면 필명에 상관없이 작품의 소재와 분위기, 제목만 놓고 비교해봤을 때 연상남, 오피스 연애(특히 비서물), 계약 결혼(혹은 관계), 상처녀가 대중픽입니다. 해당 소재로 작품을 집필할 경우, 다른 소재를 선택했을 때보다 필명에 상관없이 대중들이 여러분의 작품을 선택할 확률이 높아집니다. **여러분이 쓰고 싶은 작품이 이러한 소재라면 상관없지만, 문제는 여러분이**

쓰고 싶은 작품이 이러한 소재가 아닐 때 발생합니다.

기성 작가분 중에서도 고민하는 내용 중 하나입니다. 전작의 반응이 좋지 않아 이번에는 대중이 선호하는 소재로 집필하겠다는 분들을 흔히 만날 수 있습니다. 이외에도 여러 가지 상황들이 고려될 수 있습니다. 글로 생계를 유지하는 경우와 겸업이나 여유가 있어 취미로 글을 쓰는 사람은 소재를 선택할 때 고려해야 할 사항이 달라집니다.

결국에는 본인의 선택에 달린 문제지만 스스로 해답을 내기 어렵다면 글을 써서 생계를 유지하는 경우라 하더라도 **첫 번째 작품은 다소 인기가 없더라도 본인이 좋아하는 소재로 쓰는 걸 추천합니다.** 생계가 어렵다면 겸업이나 아르바이트 등 다른 방법을 동원해야 합니다. 저 또한 그렇게 글을 써왔고, 전업으로 글을 썼을 때와 겸업으로 글을 썼을 때 하루 집필량은 비슷했습니다. 겸업할 때 시간이 부족하다며 쫓기듯이 강박적으로 글을 집필했던 습관이 오히려 작품의 집중도를 높여주었습니다. 마감 시간의 유무는 무언가 써야 한다는 목표를 달성하기에 가장 좋은 방법입니다.

하루키처럼 매일 똑같은 일과대로 글을 쓰고, 마감 이전에 완고를 쓸 수 있는 사람이라면 좋겠지만 안타깝게도 저는 그렇지 못합니다. 『그리고 또 그리고』라는 순정 만화 작품이 있습니다. 작가는 순정 만화가가 되는 것이 꿈이었습니다. 원하던 미대에 입학하지만 그림 공부를 하면서도 만화가로 데뷔하지 못해 대학 졸업 이후, 일자리를 구하지 못하고 고향으로 내려옵니다. 아버지의 추천으로 겨우 취직한 곳은 만화가와 전혀 상관없는 콜센터 직원이었습니다. 작가가 만화가로 데뷔하게 된 시기는 아이러니하게도 인생에서 가장 시간이 없던 직장인 시절이었습니다.

사람은! 더 이상 아무것도 할 수 없을 만큼 지친 상태일수록!! 스트레스가 한계까지 치달아서 육체적으로도 정신적으로도 궁지에 몰렸을 때야말로!! 꿈을 향한 첫걸음을 내디딜 수 있는 겁니다!!

- 히가시무라 아키코

따라서 이 글을 읽는 사람 중에 전업이 아니라 힘들다고 하시는 분들이 계신다면 지금 상황이 작품을 집필하기에 가장 최적의 시기입니다. **아직 첫 작품을 쓰지 못한 분들이라면 쓰고, 또 쓰세요.** 중요한 건 여러분이 쓰고 싶은 작품을 써야 어떤 상황에서도 쓸 수 있습니다.

웹소설을 쓰면 억대 연봉을 번다는 얘기가 신문에 나면서 작가를 지망하는 사람들이 많아졌습니다. 그러면서 동시에 뱀심이라는 단어가 등장합니다. 작품이 런칭되면 별점 테러나 비평을 가장한 악플이나 하차 댓글을 남기는 것인데요. 이러한 현상은 웹소설에

국한되는 것만은 아닙니다. 기업을 대상으로 하는 B2B가 아닌 소비자와 직접적으로 만나는 B2C 분야는 판매자나 사업자에 대한 소비자들의 이유 없는 비난이나 신고가 많아지는 추세입니다. 웹소설 작가 또한 플랫폼이나 출판사와 계약을 하고 런칭된다 하더라도 독자의 댓글을 직접적으로 받는 사람은 작가입니다. 중간에서 이를 보호해 줄 울타리가 상대적으로 낮거나 없습니다.

여러분과 작품의 지지대를 조금이라도 만들고 시작할 수 있는 것이 바로 무료 연재입니다. 무료 연재를 하지 않고 출판사 투고 등으로 상업작으로 바로 데뷔하는 경우, 독자의 인식이 다릅니다. 무료 연재를 할 때는 글이 조금 부족하더라도 괜찮습니다. 독자들은 완벽한 것을 기대하는 것이 아니기 때문입니다. (물론 악플이 아예 없는 것은 아니지만 작가가 마음대로 삭제하거나 댓글을 막아둘 수 있습니다.) 또한 작품이 재밌고, 글이 훌륭하다면 독자들은 무료로 이런 작품을 접한 것에 굉장히 즐거워합니다.

무료 연재를 하지 않고 출판사 투고로 바로 데뷔하면 독자에게는 돈과 시간을 투자한 하나의 완벽한 작품으로 만나게 됩니다. 당연히 독자로서는 시간과 돈을 투자한 작품이기 때문에 무료 연재를 할 때보다 객관적인 판단을 할 수밖에 없습니다.

웹소설이나 e북으로 출간되는 작품이 매일 쏟아져 나오기 때문에 앞으로도 이런 현상은 더 심화되리라 생각하는데요. **결국, 글과 스토리가 좋은 작품, 어려운 시장 상황 속에서도 계속 쓰는 사람이 살아남게 될 것입니다.** 따라서 첫 작품만큼은 이것저것 여러 요소를 따져가며 글을 쓰기보다 쓰는 것 자체로도 좋은 이야기와 소재로 작품 완결을 내보세요.

04
흥행하는 작품의 3요소

대중적인 소재와 상관없이 자신이 좋아하는 소재로 글을 써야 하는 두 번째 이유는 **작품을 하나라도 완결을 내면 그 전과 생각이 달라지기 때문입니다.**

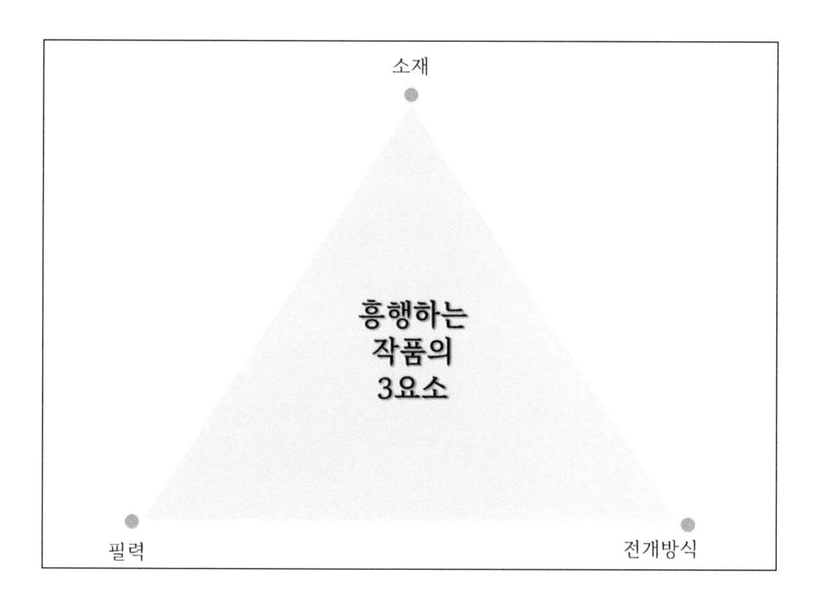

흥행하는 작품의 3요소라고 했지만 위의 3가지 요소는 세상의

모든 스토리에서 발견할 수 있습니다. **먼저 소재를 살펴보도록 하겠습니다.** 사실 소재야말로 장르 문학의 정체성을 결정짓는 요소입니다. 로맨스 판타지의 경우, 해외 영문학과 비슷하다고 얘기하지만 비슷하다고 하는 부분은 내용이라기보다는 필체입니다. 로판의 배경이 서양의 궁중 생활을 배경으로 하기 때문에 이들의 의식주 문화나 국가 체제를 차용한 부분이 많습니다. 이런 문체나 분위기보다 회귀, 환생, 빙의, 차원 이동 등의 요소가 대세를 이루는 곳이 바로 장르 소설입니다.

다음으로 필력입니다. 필력이라는 말은 굉장히 두루뭉술한 말이라고 생각하는데요. 저는 필력보다는 작가의 원고라는 말을 좋아합니다. 필력 또한 절대적인 것은 아닙니다. A라는 독자는 a 작품의 필력이 좋다고 느끼지만, B라는 독자는 이 의견에 동의하지 않을 수 있습니다. 흔히 만날 수 있는 독자의 댓글은 '소재는 별로인데 작가님의 필력이 머리채를 끌고 갔다.', '싫어하는 소재인데도 필력 때문에 멱살 잡혀 읽혔다' 등의 내용입니다. 대체 필력이 무엇일까요?

훌륭한 문장을 자유자재로 구사하는 능력이라기보다 **'비문이 없고, 어긋남 없이 술술 읽히며 스토리의 개연성과 핍진성에 오류가 없으면'** 소재 여부와 상관없이 독자들이 필력이 좋다고 느낍니다. 여기에 글을 읽으면서 등장인물들의 모습과 장면이 눈에 그려지도록 설명하는 묘사력과 등장인물의 심리를 세심하게 풀어내면 필력이라고 하는 부분에 있어서 호불호가 나뉘지 않습니다. 이 능력은 꾸준히 쓸수록 늘어날 수밖에 없는데요. 본인의 글이 필력이 있는지 확인할 수 있는 방법 중 하나는 투고를 해보는 것입니다. 한 작품을 투고할 때 평균 40개 이상의 출판사에 메일을 보내게 되는데요. 이때, 출판사에서 투고한 작품을 반려하더라도 차기작은 함께하고 싶다는 의사를 밝히면 필력이 좋은 편에 속합니다. 혹은 직접적으로 필력이나 문장력, 문체가 좋다는 피드백이 올 수도 있고요. 자신의 글에 확신이 서지 않는다면 무료 연재나 투고를 통해 독자나 출판사의 평가를 받아 봅시다.

웹소설은 4,500~5,000자가 1화가 되어 회차별로 독자들에게 제공됩니다. 웹소설이 다른 소설과 다른 특징 중 하나는 편당 결제 시스템입니다. 다음 회차에 대한 기대감이나 궁금증이 생기지 않으면 독자들은 다음 화를 결제하지 않습니다. 따라서 웹소설은 전개 방식이 일반 소설과는 다릅니다. 웹소설은 작품의 전체적인 기승전결을 고려하면서 동시에 5,000자로 독자를 만족시키고 다음 화를 후킹하는 내용이 들어가야 합니다. 독자의 흥미를 올리는 다양한 마법을 부려야 합니다.

이 세 가지를 가장 빨리 체득하는 방법은 웹소설 작품을 하나라도 완성해 연재를 해보는 것입니다. 이때, 웹소설 작품이라 말한 이유는 기본적으로 웹소설은 장편이 기준이기 때문입니다. 네이버 정연에 원고를 투고할 수 있는 기준이 1질 이상을 출간한 작가인데요. 네이버에서는 1질의 기준을 3~4권 이상이라 명시해 두고 있습니다. 보편적으로는 1질은 4권 이상의 장편 소설을 뜻하며 1종은 단편 소설을 포함하는 작품입니다. 따라서 1질과 1종은 차이가 있습니다.

1질을 완결하고 나면 자연스럽게 가치관이 변합니다. 작품을 런칭한 이후, 시장 반응을 바탕으로 차기작에 대한 방향이 자연스럽게 잡힙니다. 작품의 반응이 좋다면 출판사나 다른 출판사에서 컨택이 올 수 있지만, 반응이 좋지 않다면 차기작 소재를 좀 더 대중적으로 고려할 수밖에 없습니다. 직접 부딪혀 보는 방법이 깨달음을 얻는 가장 빠른 방법이기 때문에 웹소설 작가로 데뷔를 꿈꾼다면 1질 분량의 작품을 연재하며 완결 내보는 것이 중요합니다.

작가마다 작품을 쓸 때 우선순위로 두는 가치는 다릅니다. 누군가는 무조건 상업성을 1순위로 두어야 한다고 말하는 분이 있을 수 있고, 다른 누군가는 인기 있는 소재와 작품을 쓰는 게 중요하다고 말할 수 있습니다. **여러분은 어떤가요?** 개인의 가치에 따라 달라지는 문제이기 때문에 누구의 말을 따를 필요는 없습니다. 연독률이 높은 작품을 쓰는 것이 목표일 수도 있고, 무조건 상업 데뷔가 목표일 수도 있습니다. 이 목표는 여러분이 작품을 하나씩 세상에 선보일 때마다 달라질 수 있는 내용입니다. 저 또한 대중이 좋아하는 소재와 작품 전개를 가져와 글을 쓴다고 하더라도 절대 쓰고 싶지 않은 부분은 여전히 존재합니다. 다만, 이러한 성향은 완결작이 하나씩 쌓일 때마다 수용하고 소화할 수 있는 범위가 조금씩 넓어집니다.

따라서 **쓰고 싶은 작품으로 써야 하는 두 번째 이유는 완결작을 낸 이후, 여러분의 마음가짐은 달라지기 때문에 굳이 첫 작품부터 다른 기준에 맞춰 쓸 필요가 없습니다.** 작품을 하나씩 완결하다 보면 소재와 전개 방식, 필력 모두 향상되기 때문에 우선 쓰는 것과 완결을 내려는 마음가짐이 중요합니다.

세 번째, 너무나 당연한 말이지만 본인이 좋아하는 소재와 내용으로 글을 써야 재밌습니다. 웹소설에서 중요한 건 결국 작가가 아닌 소비자입니다. 독자들이 읽어주지 않으면 아무런 소용이 없습니다. 그렇다면 독자들이 웹소설을 읽을 때 가장 고려하는 내용은 무엇일까요?

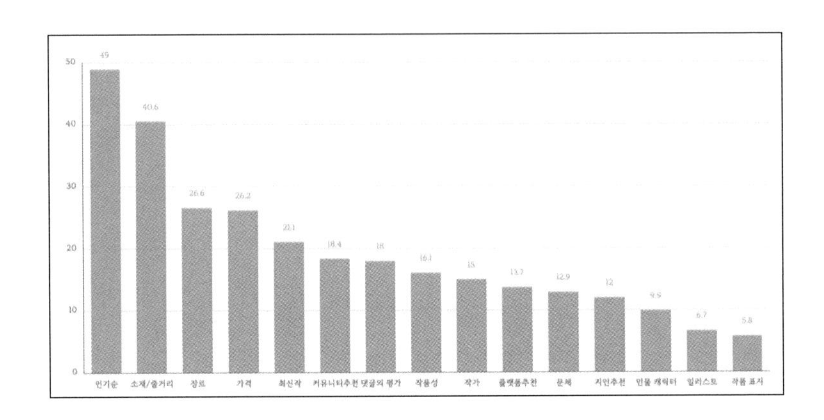

[웹소설 선택 시 고려하는 요소, 케이디앤리서치. 2020년]

이 중, 작가가 무료 연재를 하며 선택할 수 있는 요소 중 하나는 바로 소재입니다. 그렇다면 독자들은 소재를 왜 중요하게 볼까요? 바로 해당 소재를 통해 기대하는 재미를 웹소설이 충족시켜 주길 바라기 때문입니다. 결국, 독자(소비자)들의 기대를 충족시키는 일이 바로 웹소설 작가의 일입니다. 비서물에서 독자들이 기대하는 내용과 정략결혼의 작품에서 기대하는 내용은 다릅니다. 후회남주, 육아물, 역하렘 등 각각의 키워드를 보고 독자는 두근거리는 마음을 부여잡고 작품을 클릭합니다. **그렇다면 작가로서 해당 소재(키워드)의 매력을 최대로 끌어내는 방법은 무엇일까요?** 가장 좋은 방법은 그 소재를 진심으로 좋아하는 겁니다. 비밀 연애의 짜릿함을 좋아하는 작가야말로 글을 쓸 때 해당 소재의 매력도를 최상으로 높일 수 있습니다.

따라서 인기 있는 소재라고 해서 무작정 작품을 집필하기보다는 독자가 어떤 매력 때문에 해당 키워드와 소재를 좋아하는지 그 원인을 찾아내 작품을 집필하는 게 중요합니다. 이걸 알아내는 가장 쉬운 방법은 독자의 댓글을 읽는 것입니다. 사실 웹소설의 가장 좋은 스승은 독자라고 해도 과언이 아닙니다.

기성 작가분들이라면 이러한 포인트를 비교적 쉽게 찾아낼 수 있지만, 신인의 경우에는 좋아하는 소재가 아니고서야 그 포인트를 발견하는 것이 어렵습니다. 따라서 자신이 좋아하는 소재의 매력도를 최대한 끌어올리는 시놉시스를 작성합시다. 여러분이 좋아하는 소재로 작품을 쓰는 것이 작가로서 내디딜 수 있는 가장 안정적이고 완벽한 첫걸음입니다.

내가 쓰는 작품은 마이너예요

이에 대한 답변도 확실히 하자면 각 플랫폼에서 선택할 수 있는 키워드로 나온 소재라면 최소한 마이너 키워드는 아닙니다. 최근, 무료 연재가 가능한 네이버 웹소설에도 키워드 설정이 가능하게 바뀌었는데요. 무료 연재 사이트별 키워드를 정리하면 아래와 같습니다. 여러분이 쓰고자 하는 키워드가 아래에 있는 경우라면 대중픽이 아닐 수는 있어도 최소한 마이너한 소재는 아닙니다. 다음은 각 플랫폼에서 선택 및 검색할 수 있는 키워드 모음입니다.

네이버 웹소설 키워드

세부 장르/배경 SF, 가상시대로맨스, 가상시대물, 가이드물, 가족로판, 가족물, 가족후회물, 개그물, 게임로판, 게임판타지, 공포로판, 공포물, 구원물, 군대물, 궁중로맨스, 궁중로판, 동양로판, 동양풍, 레이드물, 로코물, 메디컬로맨스, 메디컬물, 모험물, 무협물, 법조계물, 빙의물, 사극로맨스, 서양로판, 서양풍, 성장물, 수사물, 수사미스터리, 스포츠물, 시대물, 아카데미물, 액션물, 여기사로판, 역사/전쟁, 연예계물, 영지물, 오컬트미스터리, 오피스로맨스, 오해물, 운명로맨스, 육아물, 이세계물, 일상로맨스, 일상물, 재벌로맨스, 재회로맨스, 전문가물, 전문직로맨스, 정령물, 정치물, 정통판타지, 추리물, 치유물, 캠퍼스물, 판타지로맨스, 퓨전판타지, 피폐물, 학원물, 현대로맨스, 현대물, 현대판타지, 환생물, 회귀물, 후회물

캐릭터 각성자, 걸크러시, 계략남, 계략녀, 계략여주, 계모, 기사남주, 기사여주, 까칠남, 나쁜남자, 남장여자, 냉정남, 냉정녀, 뇌섹남, 뇌섹녀, 능글남, 능력남주, 능력여주, 능력자, 다정

남, 다정녀, 당돌여주, 대형견남, 도망여주, 동생바보, 드래곤, 딸바보, 마수, 마족, 망나니, 매력남, 매력녀, 먼치킨, 몬스터, 무심남, 무심녀, 미소녀, 미소년, 미인남주, 미인여주, 발랄여주, 뱀파이어, 베이비메신저, 상처남, 상처녀, 서브남, 수인, 순정남, 순진남, 순진녀, 시한부남주, 시한부여주, 아빠, 아이, 악녀, 악마, 악역/악당, 엄마, 엉뚱녀, 엑스트라/조연, 연하남, 오만남, 외국인, 외유내강, 요괴, 요정, 이종족, 인외존재, 재벌남, 재벌녀, 전남친, 전남편, 전부인, 전여친, 조력자, 조신남, 존댓말남, 직진남, 직진녀, 짐승남, 집착남, 천재, 철벽남, 철벽녀, 초월적존재, 츤데레남, 츤데레녀, 카리스마, 폭스남주, 폭스여주, 햇살여주, 헌신남주, 헌신여주, 후회남, 흑막, 흑막남주, 흑막여주

소재 갑을관계, 게이트, 게임, 게임빙의, 결혼, 계략, 계약관계, 공포게임, 금단의관계, 기억상실, 기업, 끔살엔딩, 나이차커플, 남주찾기, 대륙전쟁, 던전, 도망, 돌싱, 동거, 디스토피아, 라이벌/앙숙, 마교, 맞선, 멸망이후, 몸정>맘정, 무림, 무한환생루프, 복수, 비밀연애, 빙의, 사내연애, 사이다, 사제관계, 서스펜스, 선결혼후연애, 소개팅, 소꿉친구, 소유욕/집착, 속도위반, 숨겨진진실, 스캔들, 시스템, 시월드, 신분차이, 쌍방구원, 아포칼립스, 약혼, 여주중심, 여주현판, 연상연하, 영혼체인지, 오래된연인, 오해, 요리, 운명적만남, 유혹, 이

혼, 인생N회차, 인터넷방송, 임신, 입덕부정기, 입양, 재벌/재벌가, 재회, 저주, 정략결혼, 좀비, 종족전쟁, 주종관계, 질투, 짝사랑, 차원이동, 착각, 책빙의, 첫사랑, 출생의비밀, 친구에서연인, 타임슬립, 트라우마, 하렘/역하렘, 하룻밤, 혐관서사, 환생, 회귀, 회빙환X, 후회, 흑화, 힘순찐

직업 가수, 가정교사, 검사, 경찰, 공주, 교수, 기사/기사단장, 기자, 대공, 대표님, 대학생, 마법사, 마왕, 마탑주, 무사, 무신, 배우/모델, 법조인, 본부장님, 북부대공, 비서, 성녀, 스승, 아이돌, 연예인, 영주, 왕족/귀족, 용병, 운동선수, 의사, 이색직업, 정령사, 정부, 정치인, 제자, 조련사, 팀장님, 평민, 하녀/시녀, 헌터, 형사, 황녀, 황제, 황태자, 황후, 회사원, 후궁

분위기 귀염뽀짝, 달달한, 데굴데굴, 두근두근, 따뜻한, 막장, 매운맛, 매일연재, 맴찢, 부둥부둥, 사건중심, 속도감있는, 술술읽히는, 스케일이큰, 시원시원한, 신파, 심쿵유발, 알콩달콩, 유쾌한, 짠내나는, 쿨내진동, 통쾌한, 티격태격, 흥미진진, 힐링

리디북스 – 로맨스/로판 키워드

장르/배경 현대물, 실존역사물, 가상시대물, 판타지물, 동양풍, 서양풍, 신화물, 궁정로맨스, 캠퍼스물, 학원물, 무협물, 백합/GL, 아카데미, 헌터물

소재 차원이동, 회귀/타임슬립, 전생/환생, 초능력, 초월적존재, 왕족/귀족, 외국인/혼혈, 남장여자, 바람둥이, 역하렘, 동거, 맞선, 속도위반, 베이비메신저, 조직/암흑가, 법조계, 메디컬, 전문직, 군대물, 경찰/형사/수사관, 연예인, 스포츠물, 기억상실, 오해, 복수, 시월드, 신데렐라, 권선징악, 천재, 가이드버스, 게임빙의, 공포/괴담, 인외존재, 오메가버스

관계 재회물, 오래된연인, 첫사랑, 친구>연인, 라이벌/앙숙, 사제지간, 나이차커플, 키잡물, 사내연애, 비밀연애, 삼각관계, 갑을관계, 신분차이, 계약연애/결혼, 정략결혼, 선결혼후연애, 원나잇, 몸정>맘정, 소유욕/독점욕/질투, 여공남수, 금단의관계, 운명적사랑, 애증

남자 주인공 츤데레남, 조신남, 평범남, 뇌섹남, 능력남, 재벌남, 사이다남, 직진남, 계략남, 능글남, 다정남, 애교남, 유혹남, 절륜남, 집착남, 나쁜남자, 후회남, 상처남, 짝사랑남, 순정남, 철

벽남, 동정남, 순진남, 까칠남, 냉정남, 무심남, 오만남, 카리스마남, 존댓말남, 대형견남, 연하남, 사차원남

여자 주인공 평범녀, 뇌섹녀, 능력녀, 재벌녀, 사이다녀, 직진녀, 계략녀, 능글녀, 다정녀, 애교녀, 유혹녀, 절륜녀, 집착녀, 나쁜여자, 후회녀, 상처녀, 짝사랑녀, 순정녀, 철벽녀, 동정녀, 순진녀, 까칠녀, 냉정녀, 무심녀, 도도녀, 외유내강, 우월녀, 걸크러시, 털털녀, 엉뚱녀, 쾌활발랄녀

분위기 MARK-DOWN, 기다리면무료, 단행본, 연재중, 연재완결, 달달물, 로맨틱코미디, 잔잔물, 성장물, 힐링물, 애잔물, 신파, 추리/미스터리/스릴러, 피폐물, 육아물, 여주중심, 악녀시점, 이야기중심, 원작소설, 더티토크 고수위, 하드코어, 씬중심

리디북스 - 판타지무협 키워드

장르/배경 현대판타지, 퓨전판타지, 정통판타지, 게임판타지, 신무협, 전통무협, 대체역사, 아포칼립스, 학원/아카데미, 이세계, 삼국지

소재	동료/케미, 회귀물, 빙의물, 환생물, 상태창/시스템, 착각물, 생존물, 성장물, 레이드물, 경영물, 연예계물, 재벌물, 스포츠물, 직업물, 전쟁물, 차원이동물, 귀환물, 탑등반물, 성좌물
주인공	절대선, 빌런캐, 희생캐, 망나니, 계략캐, 외유내강캐, 사연캐, 얼굴천재, 천재, 먼치킨
직업	헌터, 배우, 아이돌, 소드마스터, 마법사, 왕족/귀족, 마왕, 천마, 회사원, 의사/의원, 운동선수, 군인, 매니저, 예술가, BJ/스트리머, 기사/성기사, 정령사, 네크로맨서, 용병
분위기/기타	RIDI_ONLY, 리다무, 대여, e북, 웹소설, 연재중, 연재완결, 코믹/개그물, 사이다물, 피폐물, 힐링물, 평점4점이상, 리뷰100개이상, 리뷰500개이상, 별점100개이상, 별점500개이상, 10권이상, 20권이상, MARK-DOWN

리디북스 - BL 키워드

장르	가이드버스, 헌터물, 현대물, 시대물, SF/미래물, 동양풍, 서양풍, 판타지물, OO버스, 오메가버스, 추리/스릴러, 미스터리/오컬트, 학원/캠퍼스물, 궁정물

관계 소꿉친구, 친구>연인, 동거/배우자, 첫사랑, 재회물, 라이벌/열등감, 배틀연애, 애증, 하극상, 계약, 원나잇, 스폰서, 금단의관계, 사제관계, 신분차이, 나이차이, 다공일수, 서브공있음, 서브수있음, 리버스

인물(공) 미남공, 미인공, 다정공, 울보공, 대형견공, 순진공, 귀염공, 호구공, 헌신공, 강공, 냉혈공, 능욕공, 무심공, 능글공, 까칠공, 츤데레공, 초딩공, 집착공, 광공, 개아가공, 복흑/계략공, 연하공, 재벌공, 황제공, 후회공, 사랑꾼공, 순정공, 짝사랑공, 상처공, 절륜공, 천재공, 존댓말공

인물(수) 미남수, 병약수, 미인수, 다정수, 순진수, 명랑수, 적극수, 소심수, 잔망수, 허당수, 평범수, 호구수, 헌신수, 강수, 냉혈수, 까칠수, 츤데레수, 외유내강수, 단정수, 무심수, 우월수, 군림수, 유혹수, 계략수, 떡대수, 재벌수, 연상수, 중년수, 임신수, 순정수, 짝사랑수, 상처수, 굴림수, 도망수, 후회수, 능력수, 얼빠수

소재 구원, 차원이동/영혼바뀜, 역키잡물, 대학생, 회귀물, 전생/환생, 초능력, 인외존재, 복수, 질투, 오해/착각, 감금, SM, 외국인, 왕족/귀족, 연예계, 조직/암흑가, 스포츠, 리맨물, 사내연애, 전문직물, 정치/사회/재벌, 힐링, 게임물, 키잡물

분위기/기타 기다리면무료, 단행본, 연재중, 연재완결, 코믹/개그물, 달달물, 삽질물, 일상물, 힐링물, 시리어스물, 피폐물, 사건물, 성장물, 잔잔물, 애절물, 하드코어, 3인칭시점, 공시점, 수시점, 해외소설, 평점4점이상, 리뷰100개이상, 리뷰1000개이상, 별점100개이상, 별점500개이상, 별점1000개이상, 별점10000개이상 등

카카오 키워드

장르 판타지, 현판, 로맨스, 로판, 무협, BL, 드라마

소재 가상시대물, 가족후회물, 검, 게임, 고인물, 곤륜, 군대물, 궁중로맨스, 권선징악, 귀환, 기사물, 깽판, 남장여자물, 노력, 달달물, 동양풍, 드라마, 레이드물, 로맨틱코미디, 마계, 막장, 만능, 망나니, 먹방/요리, 먼치킨, 명문세가, 방송, 빙의물, 생존, 선계, 성장물, 소유욕/독점욕, 수사물, 수인물, 술법, 스포츠, 시스템, 신데렐라, 신분차이, 신화물, 아티팩트, 애잔물, 여주판타지, 여주현판, 영웅/신화, 역하렘, 오해물, 왕족/귀족, 외유내강, 운명, 원나잇, 유튜버, 육아, 육아물, 이능력, 인터넷방송, 인외존재, 재회물, 전쟁, 조력자, 조직/암흑가, 중세물, 지존, 차원이동, 착각물, 천재, 초월적존

재, 축구, 치유물, 캠퍼스물, 코즈믹호러, 타임슬립, 트라우마, 퓨전, 피폐물, 학원물, 현대 로맨스, 협객, 환생물, 회귀물

관계 갑을관계, 계약관계, 라이벌/앙숙, 소꿉친구, 사제관계, 소유욕/독점욕, 신분차이, 쌍방삽질, 배틀연애, 여공남수, 오래된연인, 일편단심, 몸점>맘정, 정략결혼, 첫사랑, 친구>연인

직업 BJ, DJ, PD, 가수, 감독, 개그맨, 개발자, 건축가, 검사_법, 검투사, 경찰, 공무원, 과학자, 광부, 교도관, 교수, 군인, 군주, 기사, 기자, 기타_전문직, 네크로맨서, 농부, 대장장이, 디자이너, 마검사, 마법사, 매니저, 모험가, 무인, 배달원, 배우, 변리사, 변호사, 사업가, 사육사, 사진사, 상인, 선생님, 성기사, 세무사, 소방관, 소환사, 아이돌, 암살자, 연주가, 요리사, 용병, 운동선수, 유튜버, 의사, 작가, 작곡사, 정령사, 조련사, 종교인, 집사, 천마, 청부업자, 총잡이, 칼잡이, 테이밍, 투자가, 판사, 플레이어, 하녀, 학생, 학자, 한의사, 해결사, 해병대, 해적, 헌터, 화가, 회계사, 회사원, 흑마법사, 힐러

남자 주인공 계략남, 까칠남, 나쁜남자, 능력남, 능글남, 다정남, 대형견남, 무심남, 사차원남, 상처남, 순정남, 연하남, 오만남, 외국인남/혼혈, 유혹남, 재벌남, 절륜남, 조신남, 직진남, 집착남,

짝사람남, 철벽남, 츤데레남, 카리스마남, 후회남

여자 주인공　걸크러쉬, 계략녀, 까칠녀, 냉정녀, 뇌섹녀, 능력녀, 복수물, 사이다녀, 상처녀, 순진녀, 악녀, 애교녀, 엉뚱발랄녀, 우월녀, 유혹녀, 직진녀, 털털녀, 후회녀

북팔 키워드

시대　현대물, 동양풍, 신화물, 서양풍, 실존역사물, 궁정물, 모던, 가상시대, 고전물, 시대물, 중세물

성향　성장물, 패러디, 추리, 미스터리, 순애보, 액션물, 힐링물, 사건물, 드라마, 스릴러, 에로틱, 느와르, 애잔물, 시리어스물, 잔잔물, 달달물, 로맨틱, 공포, 애절물, 서정적, 클래식, 개그물, 로맨틱 코미디, 고수위, 하드코어, 이야기중심, 싸이코패스, 악녀시점

무대　판타지, 군대, 학원, 오피스, 가상현실, 팬픽, 스포츠, 연예계, 퓨전, 캠퍼스, 일상, 메디컬

소재　비서물, 사제관계, 소꿉친구, 능욕, 위장연애, 권선징악, 신분

차이, 영혼체인지/빙의, 배우자, 출생의 비밀, 환생, 베이비 메신저, 운명, 인외존재, 신데렐라, 나이차이, 기억상실, 재회물, 불치병, 여공남수, 차원이동, 입양물, 첫사랑, 금기, 초월적 존재, 비밀연애, 전문직, 성장, 회귀/타입슬립, 천재, 외국인, 마왕/용사, 왕족/귀족, 아이돌, 배우, 조직/암흑가, 경찰/형사/수사관, 키잡, 역키잡, 계약관계/결혼, 사내연애, 오해, 몸정>맘정, 선결혼후연애, 연상연하, 친구>연인, 삼각관계, 소유욕/독점욕, 원나잇, 동거물, 재회물, 후회물, 피폐물, 복수, 신파, 속도위반, 시월드, 오래된연인, 금단의 관계, N대1, SM, BDSM, 패티시, 이혼, 임신튀, 스폰서, 하극상, 애증, 라이벌/열등감, 더티토크, 하렘, 역하렘, 남장, 여장, TS

남주 사이다남, 절륜남, 재벌남, 후회남, 철벽남, 오만남, 까칠남, 동정남, 직진남, 애교남, 능글남, 능력남, 나쁜남자, 순진남, 평범남, 순정남, 대형견남, 계략남, 오빠친구, 유혹남, 조신남, 상처남, 존댓말남, 카리스마남, 뇌섹남, 무심남, 다정남, 연하남, 동생친구, 짝사랑남, 츤데레남, 냉정남, 집착남, 외국인남, 사차원남, 유부남

여주 무심녀, 집착녀, 사이다녀, 후회녀, 나쁜여자, 털털녀, 애교녀, 순진녀, 순정녀, 짝사랑녀, 동정녀, 평범녀, 철벽녀, 직진녀, 쾌활발랄녀, 유혹녀, 까칠녀, 다정녀, 우월녀, 냉정녀, 계

략녀, 걸크러시, 절륜녀, 뇌섹녀, 재벌녀, 외유내강, 도도녀, 능글녀, 능력녀, 상처녀, 유부녀

기타 여주시점, 개정판, 삽화, 단편, 남주시점, 증보판, 씬중심, 옴니버스, 무삭제판, 3인칭시점, 원작소설, 외전, 장편

문피아 키워드

장르 무협, 판타지, 퓨전, 게임, 스포츠, 로맨스, 라이트노벨, 현대판타지, 대체역사, 전쟁/밀리터리, SF, 추리, 공포/미스테리, 일반소설, 시/수필, 중/단편, 아동소설/동화, 드라마, 연극/시나리오, BL, 팬픽/패러디

소재 19금, SNS, 가상화폐, 각성, 게이트, 게임시스템, 격투, 경영, 고구려, 고구마, 고려, 고조선, 골프, 구원, 귀신, 귀환, 기갑물, 나노머신, 나혼자, 노가다, 농구, 농사, 다크판타지, 대한민국, 대한제국, 던전, 도박, 독립군, 디스토피아, 라이벌, 레이드, 로또, 마나, 마법, 명품, 바둑, 방송, 배틀, 백제, 범죄, 복수, 부동산, 부여, 부활, 불멸, 빙의, 사이다, 사이버펑크, 삼국지, 상태창, 생존, 서바이벌, 서부극, 선협, 세계사, 순애, 스팀펑크, 시간정지, 시스템, 시한부, 신라, 신화,

아이템, 아카데미, 아포칼립스, 암흑가, 야구, 여행, 연예계, 영지, 예능, 오러, 오컬트, 옴니버스, 요리, 우주, 유튜브, 육성, 육아, 음모, 음악, 이능력, 이세계, 이혼, 인공지능, 인터넷방송, 전생, 전설, 전염병, 전쟁, 정치, 조선, 주식, 중세, 집착, 차원이동, 착각, 초능력, 축구, 크툴루, 타임루프, 탑등반물, 테니스, 퇴마, 투자, 튜토리얼, 트롤, 트림퍼, 포스트아포칼립스, 하렘, 한국사, 해양, 환생, 회귀, 후회, 힐링

직업 BJ, DJ, PD, 가수, 감독, 개그맨, 개발자, 건축가, 검사_법, 검투사, 경찰, 공무원, 과학자, 광부, 교도관, 교수, 군인, 군주, 기사, 기자, 기타_전문직, 네크로맨서, 농부, 대장장이, 디자이너, 마법사, 매니저, 모험가, 무인, 배달원, 배우, 변리사, 변호사, 사업가, 사육사, 사진사, 상인, 선생님, 성기사, 세무사, 소방관, 소환사, 아이돌, 암살자, 연주가, 요리사, 용병, 운동선수, 유튜버, 의사, 작가, 작곡사, 정령사, 조련사, 종교인, 집사, 청부업자, 총잡이, 칼잡이, 투자가, 판사, 하녀, 학생, 학자, 한의사, 해결사, 해병대, 해적, 헌터, 화가, 회계사, 회사원, 흑마법사

캐릭터 NPC, 검은머리, 고블린, 고인물, 곤충, 노력가, 노예, 능력자, 도깨비, 동물, 드래곤, 드워프, 마녀, 마왕, 마피아, 망나니, 먼치킨, 몬스터, 빌런, 사이보그, 성좌, 소드마스터, 신,

악마, 악영영애, 얀데레, 양아치, 엘프, 오크, 외계인, 용사, 이종족, 재벌, 좀비, 천마, 천재, 흡혈귀, 히어로

노벨피아 키워드

1차 분류 판타지, 무협, 로맨스, 현대판타지, 라이트노벨, 고수위, 공포, SF, 스포츠, 대체역사, 기타, 패러디

2차 분류 판타지, 라이트노벨, 전생, 현대, 중세, 하렘, 드라마, 일상, 로맨스, SF, 스포츠, 무협,

카카오스테이지 키워드

장르 판타지, 현판, 무협, 로맨스, 로판, BL, 자유

블라이스 키워드

장르 로맨스, 로맨스판타지, BL, 팬픽, 판타지, 현대판타지, 무협, 미스터리, SF/호러, 라이트노벨

2장

웹소설 1화 분량을 구성할 수 있는 요소들

01
여자 주인공

로맨스 소설에서 빠질 수 없는 인물은 여자 주인공입니다. 로맨스가 없는 여주판에도 여자 주인공은 반드시 등장합니다. 남성향 작품에서는 여주가 주인공까지는 아니더라도 히로인 역할이나 조연으로 등장하는데요. 여기에는 조금 차이가 있습니다.

	작품 분류
여주가 약점이 있다	남성향, 회빙환이 없는 로판, 현대 로맨스 등
여주가 약점이 없다	여주판, 회빙환이 있는 로판 등

주인공이 약점(= 결점, 트라우마 등등)이 있는 인물인가에 따라 작품 성향이 달라집니다. 위의 내용은 '반드시 그래야 한다'라는 내용이라기보다 제가 직접 작품을 쓰고, 런칭한 작품과 그에 대한 독자 반응을 분석하고 정리한 내용입니다. 기본적으로 여성향의 경우에는 여자 주인공의 약점이 없어야 합니다. 이 책에서 말하는 '약점'이란, 인물이 처음에는 인생 전체에 영향을 미칠 만한 거짓을 믿고 있었지만, 이야기가 진행될수록 거짓이 거짓이라는 걸 깨닫고

그걸 극복하는 내용입니다.

예를 들면, **여자 주인공이 고아로 자라났다는 사실은 '약점'이 될 수 없습니다.** 단순히 주인공의 과거 사실 중 하나입니다. 그런데 고아로 자라났기 때문에 주인공이 사실이라 믿게 된 거짓이 있을 수 있습니다.

과거 사실	과거로 인해 파생된 인물의 약점
고아로 자람	부모도 나를 버렸는데 날 사랑해 줄 사람은 이 세상에 아무도 없어.

이는 인물의 약점이자 스토리가 진행되면서 치유되는 영역이며 주제와 연결할 수 있는 내용입니다. 이때, 여주를 치유하고 구원해 줄 인물은 누구일까요? 아주 높은 확률로 남자 주인공입니다. 그런데 모든 문제를 남주가 해결하고 일방적으로 구원하는 작품의 경우에는 댓글에 여주가 무능력하다고 말하는 내용이 많습니다. 그렇다고 이런 작품이 상업성이 없는 것은 아닙니다. 출판사에서 인물 피드백을 줄 때, 이런 방식으로 여주와 남주 캐릭터를 교정시키는 경우가 생각보다 많기 때문입니다. 대표적으로 현대 로맨스의 경우에는 회빙환이라는 장치가 사용될 여지가 적어 여주의 약점이 드러나는 작품이 많습니다.

반면, 여주판의 경우에는 여자 주인공이 작품을 이끌어 가는 내용이기 때문에 남주와 다른 인물을 치유하고 구원하는 역할을 수행합니다. 여주판 작품을 보는 독자들의 니즈가 여기 있습니다.

회빙환이 있는 경우를 생각해 봅시다. 회귀는 이미 N 차례 똑같은 삶을 살았으며, 책 빙의 경우에는 원작 작품을 읽었다는 전제로 이 세계에 빙의합니다. 따라서 여주에게 약점이 있으면 작품의 설정 오류가 발생하는 것이나 다름없습니다. 여주는 이미 그 세계에 대한 모든 것을 알고 있다는 전제하에 독자들이 작품을 읽어나가기 때문입니다. 따라서 이 경우에는 반드시 여주가 앞으로 일어날 사건이나 흐름을 알고 있다는 전개로 이야기가 진행되어야 합니다. 그렇지 않다면 회빙환을 사용할 이유가 없습니다.

여주판과 회빙환 장치가 있는 경우에는 여주가 남주의 구원자가 되어야 합니다. 일반적인 스토리 작법서에 주인공은 반드시 결점이나 약점이 있는 자로 그려야 한다는 내용에 정면으로 위배되는 내용이라 헷갈리실 수도 있는데 모든 스토리에서 주인공이 약점이 있는 인물로 묘사되진 않습니다. 흔히, 불합리한 세상에 저항하는 캐릭터가 전면에 등장하는 경우에는 약점이 없는 인물로 등장해 세상을 구원하는데요. 복제 인간의 이야기를 다룬 『아일랜드』나 『헝거게임』의 주인공이 이에 해당합니다.

따라서 작품을 기획하고 인물을 만들 때 가장 먼저 해야 할 질문은 여러분의 여자 주인공은 약점이 있습니까?에 대한 대답입니다. 여주판과 회빙환 장치를 사용할 때는 여자 주인공의 약점이나 결점은 없어야 합니다. 혹은 과거에는 있었지만 현재는 약점이나 결점을 치유한 완벽한 상태로 등장해야 합니다. 회빙환이 없거나 현대 로맨스의 경우에는 이보다 좀 더 자유로운 캐릭터 조형이 가능합니다.

02
남자 주인공

	작품 분류
남주가 약점이 없다	남성향
남주가 약점이 있다	여주판, 회빙환이 있는 로판

이제 남자 주인공 차례입니다. 모든 로맨스가 등장하는 작품은 실상 '남주 장사'라 할 정도로 여주보다는 남주가 독자의 기억에 오래 남습니다. 플랫폼에서 로맨스가 포함된 작품을 홍보할 때, 4대 남주라는 말을 사용하지만 상대적으로 4대 여주라는 문구는 없습니다. 로맨스 작가로서 양성평등의 시대인데 여주도 똑같이 홍보해야 한다는 내용보다는 작품 홍보 시 왜 여주보다 남주에 초점을 맞추는지 생각해 보면 좋습니다. 결국, 로맨스 작품을 읽을 때 독자에게 큰 영향을 미치는 요소가 여주보다는 남주에 있다는 의미입니다. 플랫폼을 여주와 남주 기준으로 구분하면 시리즈와 리디는 남주 장사에 카카오 페이지는 비교적 여주 장사에 초점이 맞춰져 있습니다. 여러분 작품의 인물 매력도가 어디에 있느냐에 따라

선호되는 플랫폼이 달라질 수 있습니다.

이 관점에서 본다면 '남주가 여주를 구원해야 하므로 남주는 약점이나 결점 없이 완벽해야 하지 않나요?'라고 질문할 수 있습니다. 이 내용이 맞지만 로맨스 요소가 포함된 작품의 스토리 뼈대는 **'A였던 남주가 여주를 만나 B로 바뀌었다'**입니다. 다시 표현하자면 약점과 결점투성이였던 남주가 여주를 만나 완벽한 인물로 거듭나는 스토리가 로맨스 소설의 주요 뼈대입니다. 이 부분이 모든 로맨스 소설의 핵심이라고 할 수 있습니다.

따라서 남주 캐릭터를 주조할 때 어떤 약점을 설정해 그 약점이 여주를 만나 어떻게 치유되는지에 초점을 맞춰 사건을 전개하면 됩니다. 남성향은 여주판의 여주처럼 결점 없이 완벽한 인물로 그려지는 경우가 많습니다. 남주가 주변 인물이나 세상을 구원하는 스토리가 주를 이룹니다.

03
악역

악역은 작품 내에서 위에서 말한 **주인공의 약점과 결점을 노골적으로 보여주고 더 심화시키는 역할**을 합니다. 또한 악역의 지능이 결국, 주인공의 지략과 직결되는 부분인데요. 모든 소설에서 악역은 주인공에 의해 패배하고 멸망하기 때문에 악역은 주인공보다 뛰어날 수 없기 때문입니다.

악역 캐릭터도 남주와 여주처럼 반드시 약점과 결점이 있어야 하며 그것으로 멸망하는 인물로 등장합니다. 주인공처럼 작품 기획 단계에서 확실히 설계하고 이야기를 전개해 나가야 합니다.

주인공의 목표가 악역과 싸워 이기는 것이라면 웹소설 1화에 악역을 등장시키는 것이 좋습니다. 회귀 키워드를 가진 작품이라면 1화에 죽음을 맞이하는 장면과 함께 주인공을 죽인 인물이 등장해야 하지만 그런 경우가 아니라면 악역은 반드시 1화에 등장할 필요가 없습니다. 혹은 작품 내에서 가짜 흑막이 아닌 진짜 흑막 악역을 1화에 등장시켜 놓으면 완결 이후 독자들이 재독을 할 때 다른 느낌으로 작품을 읽을 수 있습니다.

여성향 로맨스 작품에서는 남주를 좋아하는 여자가 여주의 라이벌로 악역으로 등장하는 경우가 많습니다.

—□×

04

서브 남주

작품 내에서 누구보다 사랑을 받지만, 여주와 이루어질 수 없는 유일한 인물. 바로 서브 남주입니다. 웹소설은 기본적으로 장편이기 때문에 남주와 여주 원앤온리 서사라 하더라도 서브남은 반드시 등장합니다(단편의 경우에는 서브남이 등장하지 않는 경우도 있습니다). 역하렘에서는 남주가 될 수 있는 여러 명의 후보가 등장하는데요. 최종적으로 남주가 되지 못한 남자들은 서브남이었다고 할 수 있습니다.

서브남이나 남주 후보가 많아지면 스토리가 복잡해진다

캐릭터를 조형할 때 기본 요소는 위에서 언급한 여주와 남주의 조형 방법과 똑같습니다. 다만, 서브남이나 남주 후보들은 남주가 될 수 없는 치명적인 이유가 있다는 사실만 다릅니다. 이들의 욕망도 진짜 남주와 일치합니다. 바로 여주의 마음을 쟁취하는 것이죠. 사건이나 갈등이 발생했을 때, 각각의 인물들은 본인들의 성격대로 그 사건에 대해 반응하고 그에 대한 목표를 수정합니다.

	현재 감정선 및 목표		A 사건의 목표	A 사건의 결과	감정선/다음 목표
남주	여주에게 무관심	**여주 납치 사건 (A) 발생**	여주 구하기	여주를 구해냄	사건 배후 인물에 대한 분노 여주 보호+집착
여주	원작 집착		살아남기	살아남음	남주에게 호감
악역	여주 없애기		납치 성공	납치 실패	다른 사건 계획
서브남	여주에게 호감		여주 구하기	여주 구하기 실패	남주 질투 여주 마음 얻기

여주 납치라는 사건이 발생한다면 작품 속 인물은 해당 사건 이전과 이후로 감정선 및 목표가 나누어집니다. 사건이 발생하면 각 인물은 의도치 않게 자신의 목표와 다른 인물에 대한 감정선이 변할 수밖에 없는데요. 작가는 A-B-C-D라는 순서로 각각의 인물들을 이끌어 갈 계획을 세우지만, A라는 사건에서부터 인물들은 각자의 목표와 욕망에 따라 움직입니다. 사실 이 부분에서 입체적 캐릭터와 평면적 캐릭터로 나뉘게 되는데요. 작가가 각 캐릭터의 수정된 욕망과 목표를 무시하고 강제로 B-C-D로 이야기를 이끌어

가면 캐릭터가 평면적으로 보입니다. 반면, 각 캐릭터의 수정된 욕망과 목표로 전개 방향을 변경하면 캐릭터가 살아 숨 쉬는 느낌을 줍니다.

이러한 이유로 집필 전 작성한 작품 플롯과 트리트먼트가 실제 집필을 하게 되면 조금씩 변경될 수밖에 없는데 이때, 사건에 연관된 인물이 많아질수록 계획했던 플롯에서 멀어질 확률이 높아집니다. 모든 인물이 서로 다른 특성과 욕망을 지니고 있기 때문인데요. 글쓰기와 함께 작가분들이 가장 머리를 싸매고 고심하는 부분이기도 합니다. 사건이 발생하면 등장인물의 욕망과 함께 감정선이 변화하는데 작가가 가야 할 목표는 이미 정해져 있습니다. 남성향의 경우, 주인공이 목표를 달성하는 것이고, 여성향 로맨스는 남주와 여주가 사랑에 빠져야 합니다. 정해진 목적지에서 자꾸 이탈하는 인물이 발생하면 작가는 그들을 원래 궤도로 데려오기 위해 사건이나 전개를 수정해야 합니다.

따라서 작품의 주요 인물이 많아질수록 작가가 고민하는 내용은 배로 많아집니다.

서브남만 좋아하는 독자가 있다

현재처럼 집필 습관이 없을 때는 비축분 없이 라이브로 연재를 한 적이 있습니다. 이야기의 대략적인 얼개만 작성하고(흑막 A 남주가 짝사랑 B 여주를 만나 a, b, c 사건을 겪으며 감정선이 변하고 결국 d라는 결말을 맞이한다.) 매일 연재를 했습니다.

무료 연재 파트에서도 언급하겠지만 라이브 연재를 할 경우, 가장 큰 문제 중 하나는 작품이 독자 댓글에 영향을 받는다는 점인데요. (그래서 지금은 완결을 내지 않으면 독자 댓글은 아예 확인하지 않습니다. 무료 연재의 경우에도 투도 분량 + 알박기라고 불리는 분량까지 완성했음에도 투도 전에는 댓글을 확인하지 않습니다. 유료 연재 런칭작은 완결고까지 반드시 완성하고 들어갑니다. 이건 작가 성향이라고 할 수 있어서 자신에게 맞는 방법을 선택하면 됩니다.) 여주는 남주를 짝사랑하지만 남주는 여주를 초반에는 혐오하다 감기는 설정으로 해두었기 때문에 초반부터 남주보다 서브남을 선호하는 독자분들이 등장했습니다. 비축분이 없는 상태이고, 그 당시에는 연재 경험이 많이 없어 '남주를 더 매력적으로 만들어야 한다', '서브남에게 아주 중대한 하자를 만들어야겠구나'라며 독자 댓글에 휘둘렸습니다.

그러다 이 강박관념에서 해방된 계기는 서브남을 열렬히 응원하던 분이 다른 작품에 남긴 댓글을 우연히 발견했기 때문입니다. 다른 작품에서도 서브남을 응원하고 있는 모습을 보며 작품 자체의 문제도 있을 수 있지만, 독자 성향이 남주보다 서브남을 사랑하는 분도 있을 수 있다는 생각이 들었고, 관련 검색을 해보니 어떤 작품을 보더라도 남주보다 서브남을 주식으로 잡는 분들이 존재한다는 걸 알았습니다.

이루어질 수 없는 사랑을 한다는 서브남이라는 포지션 자체가 독자들에게 매력 포인트로 다가가는 것 같은데요. 남주뿐만 아니라 서브남 맛집, 남주 후보 맛집이라는 작품도 많아서 여러분만의 매력적인 서브남 캐릭터를 잘 조형하되 메인 남주와의 차별은 반드시 두어야 합니다.

05

서브 여주

서브 여주는 간단히 말해 여주인공의 친구입니다. 여성향 로맨스에 여-여 케미가 좋을 경우, 독자들로부터 긍정적인 반응을 끌어낼 수 있습니다. 주인공과 비슷한 또래가 아니면 여주의 조력자나 호감도를 올리는 캐릭터로 등장하는 경우가 많습니다.

06
조연

그 밖의 인물들은 조연으로 1화에 등장하는 인물 중 가장 대표적인 조연은 바로 주인공의 하녀나 시녀입니다. 1)~5) 번의 캐릭터를 주조할 때만큼 공을 들일 필요는 없지만, 작품에 꾸준히 등장하는 조연이라면 주요 인물을 향한 감정이나 목표의 변화를 계획해두면 좋습니다.

	여주	남주	악역	서브남
하녀 (조연 1)	경멸 → 순종	두려움 → 짜증	호감 → 증오	무관심 → 호감

07
시점

시점은 독자가 작품을 보는 렌즈입니다. 웹소설의 경우, 일인칭과 삼인칭 시점이 적절하게 혼용되고 있습니다. 남성향의 주인공이나 여성향의 주인공 시점은 일인칭으로 보통 '나'로 서술됩니다. 하지만 일인칭 시점의 가장 큰 단점은 다른 인물들의 생각을 알 수 없다는 점인데요. 이를 보완하기 위해 일인칭 시점만 쓰이는 것이 아니라 남주나 서브 캐릭터, 조연, 악역의 삼인칭 시점 서술도 혼용되어 사용됩니다.

	시점
카카오 페이지	주인공은 일인칭 시점, 그 외 인물들은 삼인칭 시점에서 서술된다
시리즈, 리디북스	주인공을 포함해 모든 인물이 삼인칭 시점으로 서술되는 경우가 많다

시점은 작가가 부릴 수 있는 마법 중 하나입니다. 서술 트릭이라고 하여 이중으로 해석될 수 있는 문장을 쓰거나 제한된 정보를

제공하는 방식으로 독자에게 반전을 줄 수 있습니다.

또한, 시점을 바꿀 때 유의할 점은 작품 내 해당 인물의 특징을 고려해 서술되어야 합니다. 지위나 직업, 상대방에게 품고 있는 감정들이 다르므로 시점이 변경된다면 해당 인물이 생각하는 내용은 평소 사용하는 말투로 서술해야 합니다.

소설을 쓴 경험이 없다면 시점을 선택하고, 글을 쓰는 것이 쉽지 않을 수 있습니다. (쉽지 않다기보다 정확히는 자신이 쓰고 있는 방식이 옳은 건지 확신이 들지 않을 수 있습니다.) 출판사 투고를 했을 때 반려되는 이유 중 하나가 바로 시점입니다. 시점이 명확하지 않으면 독자들이 글에 빠져들 수 없고, 잘못된 시점으로 글을 작성한다면 처음부터 원고를 다시 써야 하므로 시점은 처음부터 명확히 짚고 넘어가는 것이 좋습니다.

※ 시점에 대한 연습이 필요하다면 샌드라 거스의 『시점의 힘』을 읽어 보세요.

08
배경

배경은 장르 구분에서 이미 결정되는 부분이기 때문에 장소가 주인공에게 특별한 의미를 지닌 곳이 아니라면 망원경으로 보는 것처럼 자세히 서술할 필요는 없습니다. 기본적으로 주인공의 거처에 대한 설명은 필요하며 독자들은 계절감이 드러나는 묘사를 좋아합니다.

	인물에게 영향을 끼칠 수 있는 요소들
주인공의 거처 (생활하는 곳)	주인공의 생활 수준 및 지위를 알 수 있다
계절감이 작품에서 중요한가?	봄, 여름, 가을, 겨울 중 작품과 어울리는 분위기
작품의 지도가 존재하는가?	북부 대공, 바닷가 근처의 휴양지, 변경 지대, 수도

배경 자체에 대한 묘사보다는 배경 묘사를 통해 인물에 대한 정보를 제공하는 것이 중요합니다.

09
시대

시대는 장르에서 일차적으로 구별되는 내용입니다. 작품 내에서 **시간적 배경, 예를 들면 고대, 중세, 근대, 현대, 과거, 현재, 미래 중 하나로 세계관과 직결되는 부분입니다.** 회귀, 빙의, 환생의 경우에는 현대인이 그 시대로 이동하는 의미라 현대어를 사용해도 어색하지 않지만 이런 장치 없이 정통 장르물을 쓴다면 해당 시대적 배경에 맞는 용어와 대사를 사용해야 독자들이 몰입할 수 있습니다.

—□×

10
상황 요약

웹소설에서 이야기가 전개되는 3요소는 상황 설명, 대사, 인물의 심리입니다. 상황 설명은 또다시 '상황 요약'과 '상황 묘사'로 나뉘는데요. 처음 글을 쓸 때는 모든 상황을 묘사하려 함으로써 문제가 발생합니다.

주인공의 일상을 설명한다고 했을 때, 여주인공이 아침을 먹는 장면 자세히 묘사할 필요가 있을까요? '1화 작성법'에서도 언급되지만, 이야기 전개에 영향을 미치는 내용이 아니라면 전부 삭제하는 것이 원칙입니다. 그렇지 않고 주인공의 행동이나 상황을 구구절절 설명한다면 독자들은 지루함을 느낍니다. 하지만 누군가 주인공의 아침에 독약을 넣어 암살 시도를 했다면 어떨까요? 이 경우에는 아침 먹는 상황을 반드시 독자들에게 알려줘야 합니다. (작가는 독자에게 사건에 대한 복선을 반드시 미리 알려줘야 할 의무가 있습니다.) 반전 요소를 넣고 싶다면 아침 먹는 상황을 1~2줄 정도로만 짧게 묘사하고, 범인이 누구인지 글을 읽는 순간 독자들에게 알려주고 싶다면 자세히 묘사해 줘야 합니다.

웹소설을 읽는 독자였을 때는 단순히 글을 읽기만 하면 됐지만, 막상 작품을 쓰게 되면 스토리를 어떤 식으로 얘기를 전개해 나가야 할지 막막할 때가 있습니다. **매화를 채워나가는 핵심은 '사건'과 '갈등' 그리고 '해결'입니다.** 여기에 어떤 인물의 시점에서 보여줬을 때 독자가 보다 큰 흥미와 재미를 느낄지 꾸준히 고민하고 사색하는 습관이 필요합니다.

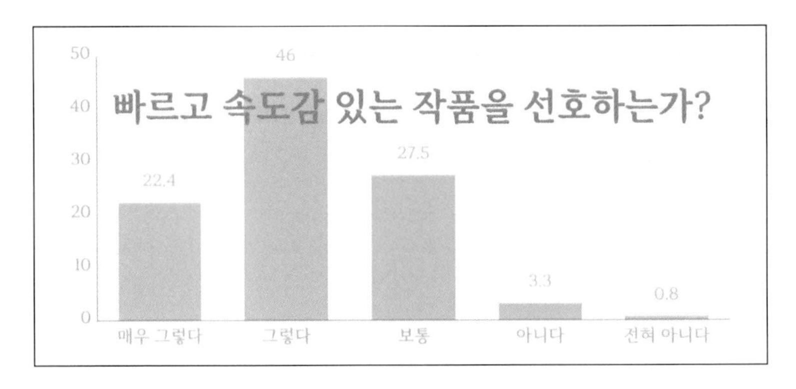

[출처: 케이디앤리서치, 2020년]

작품 내에서 중요하지는 않지만, 독자들에게 반드시 정보를 전달해야 하는 경우라면 상황 요약을 기법으로 초반부는 빠르게 전개하는 것이 좋습니다. 상황 요약으로 진행되는 가장 보편적인 내용은 회귀, 빙의, 환생한 주인공의 전생이나 N 회차 삶입니다. 전생이나 N 회차 삶에 특별한 반전이 있지 않은 한, 주인공의 과거의 삶이나 가족, 어떻게 이 세계로 오게 됐는지는 아주 짧게 요약하는 것이 좋습니다.

11
상황 묘사

상황 요약에서 언급했지만, **상황 묘사란 그 장면을 현미경으로 보는 것처럼 세밀하게 묘사하는 걸 의미합니다.** 작가가 독자에게 단서를 제공하는 기법 중 하나인데요. 가장 대표적으로 인물 묘사가 있습니다. 작품 내에서 특정 인물의 외모가 아주 상세히 등장할 경우, 해당 인물은 주인공이나 서브 캐릭터 혹은 악역일 확률이 높습니다. 작가가 독자에게 직접적인 단서를 제공하는 것인데요. 이 인물은 중요하니 눈여겨보라는 의미입니다.

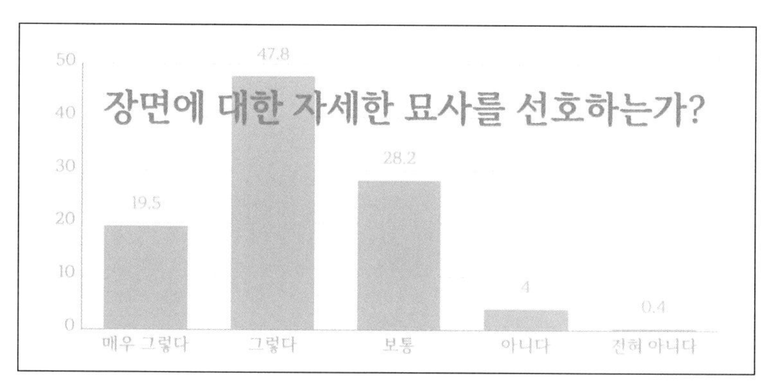

[출처: 케이디앤리서치, 2020년]

그렇다고 모든 인물을 동일한 강도로 묘사하는 건 바람직하지 않습니다. 주인공의 시녀를 상세히 묘사한다면 독자들은 어떻게 생각할까요? '작가가 이렇게 많은 정보를 제공하는 걸 보니 시녀가 중요한 역할을 하는 건가 봐!'라고 생각합니다. 글자 수에 제한이 없는 단행본의 경우에는 작가의 재량에 따라 길게 묘사해도 상관없지만 웹소설은 1화 분량이 정해져 있습니다. 웹소설에서 자세한 묘사는 독자에게 '이건 작품에서 눈여겨봐야 하는 내용이야'라고 직접적으로 알려주는 방식입니다.

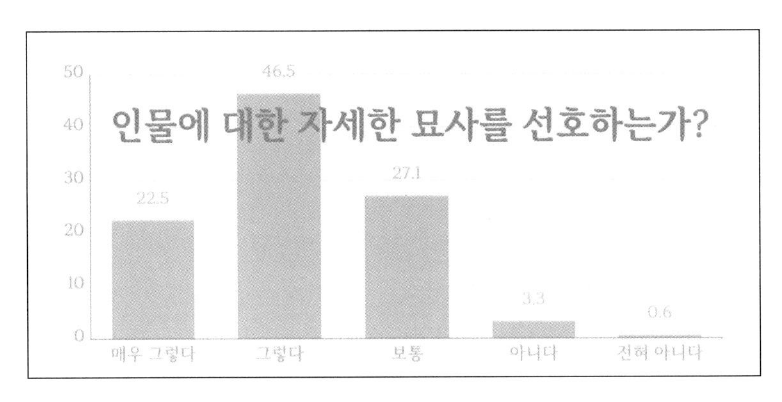

[출처: 케이디앤리서치, 2020년]

작가는 작품의 신으로 독자들에게 자유자재로 정보를 제공해 줄 수 있지만, 여기에는 무언의 언약이 있습니다. 바로 독자가 반드시 알아야 하는 정보만을 제공해야 한다는 것입니다. 글자 수를 채우려고 불필요한 정보나 이미 써두었던 글에서 묘사만 더하는 일은 삼가야 합니다. 불필요하고 쓸모없는 글을 적어 작품 전개에

도움이 되지 않는 정보를 제공하는 건 독자의 피로도를 높이는 일입니다. 웹소설은 독자의, 독자에 의한, 독자를 위한 글이라는 걸 명심해야 합니다. 매화마다 사건을 제시하고 그 사건을 해결하는 내용이 반드시 포함되어야 합니다.

12
인물 내면/심리 묘사

이야기는 우리 자신과 타인의 마음을 탐구하거나,

미래를 대비하는 최종 리허설 같은 수단으로 진화했다

-『끌리는 이야기는 어떻게 쓰는가』 리사 크론

이 세계에서 가장 오래 살아남은 것은 무엇일까요? **뜬금없는 질문이지만 인간사에서 가장 오래 살아남은 것은 이야기, 바로 스토리입니다.** 그렇다면 스토리는 왜 이렇게 오래 살아남을 수 있었던 걸까요? 그건 바로 인간이 전인미답의 삶을 살기 때문입니다. 모든 인간은 단 한 번의 인생을 살아가기에 경험이 절대적으로 부족합니다. 그로 인해 인간의 실수는 필연적입니다. 그 과정에서 인간은 상처 입고 크게 낙담합니다. 이와 비슷한 상황이 발생하거나 혹은 더 큰 문제 상황이 닥치면 두려움으로 인해 해결 방안을 모색합니다. 이때 등장하는 것이 바로 스토리입니다. **스토리는 약점이 있는 주인공이 시련을 만나 결국 약점을 극복하는 내용입니다.** 절대적 경험이 부족한 인간에게 간접 경험을 선사합니다.

따라서 웹소설뿐만 아니라 다른 문학 작품에서도 중요한 건 **사건을 맞닥뜨렸을 때 이에 대처하는 주인공의 행동과 내면, 심리입니다.** 주인공에게 동화된 독자들은 주인공이 느끼는 감정을 똑같이 느끼며 완전한 몰입을 경험합니다.

그렇다면 독자들이 작품 속에서 심리나 내면을 가장 알고 싶어 하는 인물은 누구일까요? 바로 주인공입니다. **주인공의 내면 묘사가 가장 우선시 되어야 합니다.** 웹소설에서 보편적으로 쓰이는 시점은 위에서 언급했듯이 일인칭 시점과 삼인칭 제한 시점입니다. 이 경우, 독자에게 전달되는 진실한 내면 묘사는 주인공의 것밖에 없습니다. 나머지 인물들의 내면은 주인공이 그들의 행동이나 말을 토대로 추측하기 때문에 독자들에게는 잘못된 정보가 제공될 수 있습니다.

특정 인물의 정확한 감정과 심리를 제공하고 싶다면 장면 전환(***로 많이 표기됩니다.)을 삽입하고, 해당 인물의 시점으로 묘사해 주면 됩니다. 로맨스 작품에서 여주 시점만큼 사람들이 알기 원하는 시점은 바로 남주 시점입니다. 여주에 대한 감정이 직접적으로 드러나기 때문입니다.

_ ☐ ×

13 갈등

갈등은 주인공이 마주하는 장애물입니다. **스토리는 주인공의 고난기입니다.** 갈등이 없다면 스토리라고 불릴 수 없습니다. 갈등은 왜 발생할까요? 바로 주인공이 욕망과 목표를 가지고 있기 때문입니다. 따라서 갈등의 기준점은 주인공의 욕망과 목표입니다. 작품의 뼈대는 주인공의 욕망과 목표를 방해하는 사건으로 구성해야 독자의 몰입도가 높아집니다.

14
복선(새로운 플롯 암시)

이야기와 직접적인 관계가 없는 것들은
무자비하게 버려야 한다.
예를 들어 1장에서 총을 소개했다면
2장이나 3장에서는 반드시 총을 쏴야 하며
만약 쏘지 않을 것이라면
과감하게 없애버려야 한다

- 체호프의 총 이론

복선은 소설이나 이야기에서 독자들에게 앞으로 어떤 일이 일어날 것이라며 미리 알려주는 내용으로 독자에게 작품의 개연성과 직결되는 부분입니다. 작품의 전체적인 플롯과 트리트먼트를 구상하지 않고 라이브로 작품을 연재할 때 발생하는 문제 중 하나가 바로 복선의 누락입니다. 긴장감을 떨어뜨리지 않으면서 사건 진행을 위한 복선을 제공하기 위해서는 결과적으로 작가가 작품의 결말을 완벽하게 알고 있어야 합니다.

출판사 컨택을 목표로 무료 연재를 하면 최대 30화를 연재처에 올립니다. 이후에는 담당자로부터 작품의 전체적인 피드백을 받으며 작품을 완성합니다. 플랫폼 심사를 통과해 유료 연재가 된다면 혼자 집필했을 때 저지른 오류는 많이 제거됩니다. 또한, 작품을 다 쓰고 나서 1화부터 읽어보면 그제야 보이는 것들이 있습니다. 설정 오류나 이야기 후반부를 위한 복선을 미리 제공하면 좋겠다는 등의 아이디어가 떠오릅니다.

따라서 첫 작품이 무료 연재처에서 완결되고 출판사 컨택이 오지 않았다 하더라도 완결 그 자체에 아주 큰 의미가 있습니다. 결국, 작품을 완결 낸 경험과 독자의 댓글 그리고 여러분의 작품을 꾸준히 찾는 사람들이 하나, 둘 쌓이면 많은 이에게 사랑받는 작품을 쓸 수밖에 없습니다.

그럼 어떻게 써야 할까?

위에서 언급한 14가지 요인들을 적절히 활용해 4,500 ~ 5,500자를 쓰면 됩니다. 하루에 5천 자씩 쓰는 건 어려운 일은 아닙니다.

오늘 있었던 일만 쓴다고 해도 5천 자를 훌쩍 넘길 수 있습니다. 그런데 우리가 써야 하는 글은 어떤 글인가요? 바로 스토리가 있는 글입니다. 주인공이 등장해 사건을 만나고, 다른 인물들과 갈등을 일으키며 성장해 나가는 글을 써야 합니다. 이런 긴장감 있는 글을 매일 5천 자 이상 쓰는 건 쉽지 않은 일입니다.

원인과 결과로 스토리를 진행하자

1화에서는 주인공이 이뤄야 할 목표(결과)를 가지게 되는 상황(원인)이 등장해야 합니다. 1화에서 억울한 누명을 쓰고 죽음(원인)을 맞이하는 주인공이 회귀(상황)하는 장면이 등장한다면 여기서 끝나면 안 됩니다. 한 가지 정보를 독자에게 더 제공해야 합니다. 바로 주인공이 복수를 다짐하는 장면(목표)입니다.

여기서부터 작가는 주인공에게 다양한 선택지를 제공할 수 있습니다. 억울한 누명을 쓰게 만든 진짜 악역을 알고 있느냐 혹은 모르고 있느냐. 후자라면 악역이 누구인지 알아내는 흐름으로 진행되고, 전자라면 복수를 계획하는 주인공이 등장합니다.

	원인	상황	목표(원인에 대한 결과)
1화	억울한 누명을 쓰고 죽음	죽기 전으로 회귀	복수를 다짐함

아주 사소한 정보일 수도 있지만, 이것 하나만으로 주인공이 나가야 할 길은 완전히 달라집니다. 작품이 클리셰로 진행된다면 주인공이 복수할 대상을 이미 알고 있는 경우에는 세계관 최종 악역이자 회귀한 주인공이 현재 상황에서 쉽게 죽일 수 없는 인물일 가능성이 높습니다. 클리셰라고 하지 않더라도 회귀한 주인공이 쉽게 죽일 수 있는 인물이 악역이라면 작품은 1화 만에 완결이 나기 때문에 독자들에게 긴장감을 주는 이야기 서사 구조가 아닙니다. 기본적으로 회귀한 주인공은 바닥부터 시작합니다. 이야기의 시작점과 끝점은 가장 멀리 있어야 장편을 쓸 수 있습니다.

후자의 경우를 살펴봅시다. 자신을 죽인 인물을 알아내기 위한 주인공의 여정은 전자의 경우처럼 주인공에게 친절하지 않습니다. 주인공이 현재 알고 있는 정보보다 더 많은 걸 알아야 하기 때문입니다. 작은 단서들을 찾을 때마다 주인공은 위기에 처하고, 천신만고 끝에 찾은 복수의 대상은 시작부터 자신의 주변에 위장 잠입해 있던 흑막이거나 혹은 주인공이 사랑하는 인물이 원수의 친자식인 경우가 많습니다.

안타깝게도 작가는 늘 주인공을 고통과 갈등, 딜레마 상태에 집어넣어야 합니다. 비커 속에 주인공을 넣은 다음 계속 흔드는 것이 작가의 일입니다. 그 이유는 바로 독자들 때문입니다. 긴장감이 사라진 이야기는 독자들이 읽지 않기 때문입니다. 의도적으로 스트레스를 유발하는 인물을 넣어 주인공들을 괴롭히는 경우도 있습니다. 이때, 댓글은 만선을 이룹니다. 독자들이 인물에 대한 악평을 하면서도 독자들이 소설을 계속 읽게 만드는 건 작가의 능력입니다.

주인공의 고통이 끝나는 순간, 이야기는 끝납니다. 따라서 반드시 마지막 화 혹은 마지막 화의 바로 직전 회차에서 주인공의 문제가 해결되고 목표를 달성하는 스토리가 나와야 합니다. 주인공에게 몰입한 독자는 어떻게서든 주인공이 행복한 모습을 보고 싶어 합니다. 따라서 매화 주인공이 좌절감을 느끼고 현재 상황에 만족할 수 없도록 어려움이나 갈등을 반드시 넣어 주세요.

매화 체크해야 할 20가지 질문

1. 주인공이 등장했는가?
2. 독자들이 주인공에게 매력을 느낄만한 포인트가 무엇인가?
3. 독자들이 예상치 못한 반전이 포함된 장면이 있는가?
4. 로맨스라면 남주와 여주가 만나는 장면이 등장했는가?
5. 로맨스에서 남주와 여주의 관계가 확연히 드러나는 대사가 있는가?
6. 주인공의 목표와 욕망이 독자에게 제시됐는가?
7. 주인공의 현재 목표는 무엇인가? 목표는 이루어졌는가? 아니면 실패했는가?
8. 작품 시점이 무엇인가? 오류는 없는가?
9. 주요 인물의 시점으로 이야기가 전개됐는가? 다른 인물의 시점이 등장했다면 작품 전개를 위해 필요한 내용인가?
10. 세계관과 배경에 어울리는 대사와 용어가 사용됐는가?
11. 인물의 직업이나 신분에 어울리는 대사인가?
12. 늘어지는 부분은 없는가? 상황 묘사보다 상황 요약이 적절한 파트는 없는가?
13. 각 인물의 행동에 맞는 심리가 적절히 묘사되었는가?

14. 묘사된 인물의 심리와 행동이 캐릭터 붕괴를 일으키진 않았는가?
15. 주인공이 장애물이나 갈등, 어려움에 직면했는가? 해당 문제는 언제 해결되는가?
16. 전체 플롯에서 해당 회차는 어디에 속하는가?
17. 다음 화를 위한(다음 플롯이나 사건) 복선이 제시되었는가?
18. 독자들이 반드시 알아야 하는 정보만 포함하고 있는가? 이야기 전개에 필요 없는 부분은 없는가?
19. 회차가 다음 화에 대한 궁금증을 불러일으키는 내용으로 끝이 났는가? 독자가 다음 화를 기대하게 만드는가?
20. 1회 분량을 충분히 채웠는가?

3장

후킹하는 1화를 작성하는 법

책의 뒷부분이나 다음 책에 쓸 수 있을 것 같다며
아껴둬선 안 된다.
무조건 써라, 전부 써라, 지금 당장 써라.

- 애니 딜러드

결론부터 말하면 **1화는 자신이 쓴 작품의 글 중에 가장 훌륭해야 합니다.** 훌륭하다는 표현이 모호하지만, 다음의 표현으로 바꿔봅시다. 작품의 1화는 작가 본인이 언제라도 봤을 때, '내가 썼지만 재밌다!'라는 평가가 나와야 합니다.

작품을 시작할 경우, 모두가 다음과 같은 마음가짐으로 시작합니다. '독자들의 관심을 사로잡아야 하니까 1화에 가장 힘을 줄 거야.' 맞습니다. 그런데 글을 완성한 뒤, 다음 날 글을 읽어보면 느낌이 다릅니다. 이야기 전개상 어색해서 삭제하거나 추가할 부분 등 부족한 부분이 보입니다. 수정과 퇴고를 반복해 만족할 만한 1화를 완성하고, 비축분을 쌓습니다. 5만 자(10화 분량)를 쓰고 나서 1화를 다시 읽어봅시다. 그리고 20화를 완성하고 나서 1화를 다시 읽어봅시다. 수정해야 할 부분이 보이지 않는다면 괜찮은 1화를 완성한 겁니다.

	수정할 부분이 없는가?
1화 완성 직후	없다
하루가 지나고 1화 재독	없다
10화 완성 후, 1화 재독	없다
20화 완성 후, 1화 재독	없다
수정할 부분이 없다면 무료 연재를 시작할 만한 1화가 완성!	

작품 집필을 시작할 때는 심혈을 기울여 1화를 작성했을 겁니다. **하지만, 글은 한 번에 늘어나는 것이 아니라 계속 쓸수록 발전합니다.** 그래서 1화를 썼던 '나'와 여러 회차를 쓴 '나' 사이에 간극이 발생합니다. 각 회차를 쓸 때마다 1화로 돌아와 작품을 읽으면 감상이 달라집니다. (혹여나 작품을 집필하고 나서 1화를 다시 읽어도 '와, 내가 봐도 정말 훌륭해! 재밌어!'라는 말이 나오시는 분들은 이 책의 나머지 부분을 보실 필요가 없습니다.)

처음부터 완벽한 실력을 갖춘 사람이라면 위와 같은 참담한 사태가 발생하지 않습니다. 하지만 작품을 한 번도 써보지 않고, 완결을 내지 못한 분이라면 1화를 썼던 글쓰기 실력과 최신화를 쓴 글쓰기 실력에는 엄청난 차이가 있습니다. '이런 작품을 사람들에게 읽으라고 썼다니!'

이제 독자 입장에서 생각해 봅시다. 독자는 여러분의 필명을 처음 접합니다. 제목도 흥미롭고, 키워드나 작품 소재도 취향이라 1화를 읽습니다. 그런데 여기서 독자의 흥미를 끌지 못한다면 그다음 회차로 넘어가지 않습니다. **독자들이 작품을 만나는 통로는 제목, 작품 소개글과 1화입니다.** 1화를 완벽하게 수정해 놓지 않으면 독자는 여러분의 작품을 끝까지 읽지 않고 떠나갑니다.

독자가 작품을 클릭했을 때, 완결이 난 상태거나 꽤 많은 회차가 올라와 있다면 1화가 끌리지 않아도 몇 편은 더 읽을 수 있습니다. 그런데 1화가 끌리지 않은 상태에서 회차 수까지 많지 않다면 독자는 다음 화를 클릭할 명분이 없습니다. **따라서 1화에 자신의 모든 노력을 들여야 합니다.** 작품을 연재하는 도중이라도 1화를 계속 읽으며 부족하거나 수정할 부분이 없는지 살핍니다. **모두에게 완벽한 1화를 만들 수는 없지만, 작가 자신에게만큼은 완벽한 1화로 독자를 맞이해야 합니다.**

_ □ ×

01
완벽한 1화를 쓰는 완전한 방법

완벽한 1화를 쓰는 방법은 딱 한 가지뿐입니다. **작품의 마지막 문장에 점을 찍은 후에야 비로소 완벽한 1화가 완성됩니다.** 이제 시작해야 하는 입장인데 완결부터 얘기하니 당황스러울 수도 있지만 이건 사실입니다. 최초로 1화를 썼을 때와 20화를 쓰고 나서 본 1화, 40화를 쓰고 나서 본 1화, 100화를 쓰고 나서 본 1화와 완결까지 쓰고 나서 본 1화의 느낌은 정말이지 다릅니다. 그리고 완결까지 마침표를 찍었을 때야 비로소 완벽한 1화가 완성됩니다.

집필 방식

이 부분은 개인마다 차이가 있는 부분입니다. 어떤 분은 작품의 시놉시스를 구상해 투도 분량(20화~30화 사이)을 준비한 뒤, 연재처에 작품을 올리며 동시에 출판사 투고를 진행합니다. 반응이 좋지 않을 경우, 해당 작품은 집필을 중단하고, 새로운 작품을 구상하는 걸 반복하며 투도에서 좋은 반응을 얻거나 출판사 컨택을 받은 작품으로 본격적인 완결고를 준비하는 분들도 있습니다.

작품을 구상하고 집필하는 스타일은?
1. 집필을 집필하기 전, 작품의 트리트먼트를 모두 완성한다
2. 투도 분량이나 출판사 투고 분량만 완성한 뒤, 컨택을 받은 작품만 집필을 시작한다

저는 장르에 따라 세계관 설정 및 작품 시놉시스 기간이 달라집니다. 판타지가 포함된 작품은 **시놉시스와 트리트먼트를 구상하는데 2년이 넘게 걸린 작품도 있습니다.** 수정궁이라고 불리는 무한 수정 루프에 빠진 탓인데요. 회귀와 빙의, 환생 코드를 모두 사용한 주제에 촘촘한 트리트먼트를 작성하지 않았습니다. 남주는 회귀자, 여주는 환생자, 서브 캐릭터 중에 몇 명은 빙의자라는 설정을 주고, 각 인물에 대한 1~2줄 정도의 서사만 설정하고 글을 쓰기 시작했습니다. 기-승-전-결의 커다란 얼개만 짜놓은 탓에 전개가 점점 산으로 가며 개연성에 커다란 허점이 발생했고, 결국 집필 중단-플롯 변경-집필 시작-개연성 부족-집필 중단-플롯 재변경 등의 수정궁에 빠져 2년 이상 걸렸습니다. 이후에는 단편이라도 플롯이나 트리트먼트 없이는 절대 글을 쓰지 않는 습관이 생겼습니다. 플롯이나 트리트먼트 없이 글을 잘 쓰시는 분들도 있습니다.

Q: 작품 내 복선은 어떻게 구상하시나요?

히가시노 게이고: 쓰다 보니 들어가 있어서 나중에 제가 읽고 제가 놀랍니다.

작품을 집필하는데 모두에게 완벽한 방법은 없습니다. 자신에게 맞는 방법이 정답입니다. 다양한 방법으로 글을 써 보시고, 가장 효율적이고 만족할 만한 결과물을 가져온 방법을 선택하시면 됩니다.

한 작품을 만들기 위한 시놉시스(트리트먼트) 분량은 어느 정도일까?

이것도 개인마다 다르지만, 제출용 시놉시스와 작가용 시놉시스는 다릅니다. 제출용은 2~3페이지 정도로 비교적 짧지만, 작가는 작품 전체를 총괄하는 신이기 때문에 시놉시스가 몇십 장에서 많게는 몇백 장이 될 수 있습니다.

이것과 관련해 저에게 신선한 충격을 준 내용이 있는데요. 네이버 웹툰『미래의 골동품 가게』시즌 1 후기에서 작가님이 남긴 말 때문이었습니다. 작가님은 해당 작품을 위해 6개월을 몰두해 2~3

천 페이지를 써서 그중 1,500페이지를 쳐냈다는 내용을 보고 깜짝 놀랐습니다. 작가님이 말한 '페이지'의 기준은 정확히 기재되어 있진 않았지만, 한컴 파일의 1페이지를 기준으로 했을 때 글자 수는 1,495자(공포)입니다. 이를 2,000페이지 작성했다면 총글자 수는 약 300만 자가 나옵니다. 이를 공미포 1회차 분량인 3,500자로 환산하면 연재 회차가 약 857화가 나옵니다. 웹소설과는 결이 다른 웹툰이라지만 기획 단계에서 이렇게 긴 트리트먼트를 쓰신 걸 보고 충격을 받았습니다. (더 놀라운 건, 해당 작품은 마음에 들지 않아 결국 다른 이야기를 기획한 것이 미래의 골동품 가게였습니다.)

완결을 내는 힘은 어디서 올까?

웹소설 연재는 기본적으로 장편(4권 이상)이기 때문에 단권 소설과 비교한다면 신인이 쉽게 써낼 수 있는 분량은 아닙니다. 이때, 신인으로서 웹소설 장편을 완결 내게 만드는 힘은 바로 작품의 시놉시스, 아주 자세한 트리트먼트에 있습니다. 트리트먼트를 짜는 방법도 작가마다 다르지만, 작품의 시작부터 끝까지 주요 인물들의 대사만 적은 것도 트리트먼트라고 할 수 있습니다. 굵직굵직한 사건들은 인물들의 대사로 표현해 진행할 수 있기에 작품의 시작부터 결말까지의 밑그림을 대사로 그려 넣고, 이후 지문이나 상황 묘사 등의 살을 덧붙여 원고를 완성합니다.

	출판사/플랫폼 심사 제출용	작가 개인용
시놉시스 (트리트먼트)	2~3장으로 핵심만 줄거리 형식으로 요약	최대한 자세하게 집필 작품 시작부터 끝까지 인물들의 대사만으로 작품 뼈대를 세운 뒤, 집필할 때 대사에 살을 붙여 원고를 쓰는 방법도 있음

트리트먼트를 쓰면 쓸수록 사건과 인물이 계획대로 흘러가지 않는다는 걸 깨닫습니다. 위에서도 설명했듯이 각 인물들의 목표와 욕망은 작품이 진행될수록 끊임없이 변화합니다. **이걸 해결하는 방법은 글을 직접 써보는 방법밖에는 없습니다.** 이야기가 막혀 며칠 동안 머리로 싸매며 고민하기보다는 우선 무엇이라도 써보는 것이 문제를 해결하는 가장 빠른 지름길입니다.

따라서 마지막 완결고까지 완성하는 것이 힘들다면 최소한 작품의 대략적인 트리트먼트라도 완성한 뒤에 1화를 작성해 보세요. 그리고 실제 글을 써나가면서 계속 1화로 돌아가 보는 겁니다. 그러면 최소한 작가 본인만큼은 후회 없는 1화를 완성할 수 있습니다.

1화를 완성하는 방법은? 완결을 내야 비로소 완전한 1화가 된다
시작하는 단계에서 미리 완결을 알아보는 방법은?
↓
작품의 시놉시스와 자세한 트리트먼트를 작성하자. 작품을 끝까지 쓸 수 있게 만드는 1차 가이드 역할을 한다.
↓
트리트먼트 상의 전개와 실제 집필 과정의 전개가 꼭 일치하지 않을 수 있다.
↓
이 경우에는 글을 수정하지 말고, 트리트먼트를 수정하자. 캐릭터 붕괴와 작품의 개연성을 지키는 방향으로 수정하자.
↓
원고를 집필하며 작품 초반 부분(1화~20화)으로 수시로 돌아가 수정할 부분이 없는지 확인하자. 독자들을 맞이하는 건 결국 작품의 1화다.

02
1화는 모든 문장을 하나씩 철저하게 분석하자

평균 5,000자가 되는 문장을 모두 분석하라는 말이 과할 수도 있지만, 작품을 끌어 나가는 1화이기 때문에 이만한 노력은 반드시 들여야 합니다. 문장을 하나씩 점검하며 '이 문장이 앞으로의 내용을 위해 필요한 내용인가?'라고 질문해야 합니다. 냉정히 판단했을 때 필요하지 않다는 생각이 들면 과감하게 삭제합시다. **이런 식으로 모든 문장을 점검해 더 뺄 것이 없는 상태가 바로 이상적인 1화라고 할 수 있습니다.**

03
1화 내용을 통째로 외울 정도로 보고, 또 보고, 또 고쳐라

그렇다면 1화를 어느 정도로 봐야 할까요? **1화 내용을 통째로 외울 때까지 보면 됩니다.** 사실 1화뿐만 아니라 수많은 퇴고 과정을 거치면 각화의 내용이 저절로 머릿속에 펼쳐집니다. 포토 그래픽 메모리는 책을 폈을 때 그 페이지를 한 번만 보고 완벽하게 외워버리는 기억력을 말합니다. 과학적으로 밝혀진 바에 따르면 포토 그래픽 메모리는 존재할 수 없다지만 창작물에서는 이러한 기억력을 지닌 인물이 등장합니다. 실제로 특정 분야의 전문가면 책의 내용을 이미 알고 있는 경우가 많아, 몇 번만 보고도 그 내용을 전부 외운다고 하는데요. 저는 작가라면 자기 작품을 포토 그래픽 메모리처럼 외우고 있어야 한다고 생각합니다. 아니, 외우려고 노력하는 것이 아니라 저절로 외워질 때까지 보고 또 봐야 한다는 것이죠. 이것이 습관화되면 집필했던 글이 실수로 소실되어도 크게 좌절하지 않을 수 있습니다. 저는 딱 한 번, 공미포 2만 자 분량의 원고를 실수로 지워버린 적이 있습니다. 그 사실을 알고 난 직후, 2시간 동안 해당 원고를 살릴 방법은 없는지 후회 남주로 빙의해 매달렸지만 결국 되살리지 못했습니다. 그런데 크게 낙담하지 않았습니다. 제가 원고를 되살리려고 했던 가장 큰 이유는 내용에 있다기보다 2만 자나 되는 글자를 단순히 타이핑하기 싫었기 때문입니다. 인물들의 대사는 모두 외우고 있는 상태였기 때문에 잃어버린 원고와 완벽하게 동일하진 않지만, 뼈대와 내용은 완벽히 똑같은 원고를 금방 복구했습니다.

1회를 외우는 것은 어렵지 않습니다. 트리트먼트에 따라 초고를 완성하고, 이틀 뒤에 퇴고하고, 맞춤법 검사를 한 뒤 계속 퇴고를 하다 보면 저절로 머릿속에 떠오릅니다. 특히 주요 인물들의 감정선과 연결된 대사와 행동들은 작품 흐름에 맞는지 계속 곱씹어 보기 때문에 기억이 날 수밖에 없습니다.

따라서 1화의 내용이 첫 문장부터 마지막 문장까지 머릿속에 떠오른다면 만족할 만한 1화를 작성했다는 의미입니다. 외울 만큼 훌륭한 작품성을 지니고 있다는 의미라기보다 1화를 외울 만큼 작가가 지독하게 퇴고를 했다는 뜻이고, 투도나 출판사 투고를 하더라도 '아, 이 부분은 조금 아쉬운데'라는 후회가 남지 않는다는 뜻입니다. 여러분의 첫 번째 독자는 자신입니다.

04
스토리의 시작부터 쓰는 것이 아니다

스토리는 한 가지 장점만 지니고 있다

- E,M 포스터

스토리와 플롯의 차이에 대해 알아야 합니다. 독자들로 하여금 다음에 일어날 일을 궁금하게 만듭니다. 반면, 플롯은 스토리와 같이 사건의 서술이지만 인과관계에 초점을 맞춥니다. 플롯과 스토리에 등장하는 사건은 똑같을 수 있지만, 플롯은 시계 순서보다 사건의 인과관계에 초점을 맞춰 진행됩니다.

	예시
스토리	왕이 죽었고 그리고 왕비가 죽었다.
플롯	왕이 죽었고 그 슬픔을 이기지 못한 왕비도 죽었다.

출처: 『소설의 이해』 E.M. 포스터

따라서 스토리의 시작이 아닌 플롯이 시작하는 내용을 써야 하는데요. 간단히 말해 주인공의 탄생부터 쓰는 것이 아니라 사건 한 가운데서부터 1화가 시작됩니다. 스토리와 플롯의 구분은 이 부분은 '출판사를 사로잡는 완벽한 시놉시스 작성하기 파트 중 12) 시놉시스 파트와 13) 기승전결 파트에 자세히 설명되어 있습니다.

05

Don't Tell, Show의 법칙

달이 빛난다고 말하지 마세요.

유리 조각에 반사된 빛을 보여주세요.

- 안톤 체호프

말하지 말고 보여줘라. 글을 쓸 때 다들 하는 말입니다. 대체 어떻게 쓰라는 말일까요? 재밌는 건 여기에 대해서도 작가마다 해석이 다르다는 겁니다. 누군가는 주인공의 행동을 지문으로 보여주지 말고, 대사로 표현하라고 말합니다. 혹은 캐릭터가 느끼는 감정을 직접 묘사하지 말고, 그의 오랜 행동이나 습관을 통해 보여달라고도 말하죠. 초조하거나 긴장을 하면 자신의 치맛자락을 만지는 것이 습관인 사람이라면 그가 긴장했다는 사실을 옷자락을 만지는 묘사로 독자에게 보여주라는 의미입니다.

독자는 행간의 의미를 파악할 수 있다

어떻게 웹소설을 쓰는 것이 '말하지 말고 보여줘라'의 기준을 완벽히 충족시키는 기술인지 정형화된 공식을 찾긴 어렵습니다. **그런데 이 기법이 쓰인 글을 읽는 독자의 반응은 확실히 다릅니다.** 독자가 글을 읽고 난 뒤, 내용을 곱씹을수록 여운이 깊게 남는 것이 '말하지 말고 보여줘라'의 핵심입니다.

불멸의 명작 타이타닉 영화를 생각해 봅시다. 타이타닉 침몰 이후, 로즈는 잭을 떠나보내고 홀로 살아남습니다. 그런 그녀에게 조사원이 다가와 이름을 묻자 로즈는 이렇게 대답합니다.

"로즈 도슨이요."

어떤가요? 훌륭하지도 멋지지도, 그렇다고 긴 문장도 아닙니다. **그런데 이 짧은 대사에 잭과 로즈의 인생을 꿰뚫는 서사가 담겨있습니다.** '잭은 나의 첫사랑이자 마지막 사랑이었어요' 같은 표현보다 훨씬 더 독자의 마음 깊숙이 파고듭니다. 어쩌면 영화를 볼 당시에는 눈물을 흘리지 않았지만, 집에 가서 영화를 곱씹어 볼수록, 이 대사를 생각하면 할수록 둘의 서사가 마음 아파 뒤늦게 눈물이 날 수도 있습니다. 독자의 상상력과 다양한 감정을 불러일으키는 가장 효과적인 방법이 바로 '말하지 말고 보여줘라'의 핵심입니다.

결국, 영화에서는 연출이라고 불리는 기술이 글쓰기에서는 '말하지 말고 보여줘라'에 해당하지 않을까 하고 저는 생각합니다. 단순히 무언가를 묘사하는 것을 넘어 단어 하나를 읽더라도 독자의 머릿속에 엄청난 파동을 일으키게 하는 힘.

이런 측면에서 봤을 때 독자들에게 가장 큰 희열과 기쁨, 카타르시스나 슬픔을 안겨주는 표현법은 영상이나 소리가 아닌 '글'이고 생각합니다. 글은 시각적으로 정형화된 이미지를 제공하지 않습니다. 독자는 작가가 쓴 글을 토대로 상상력을 발휘해 이미지를 그려나갑니다. 여기에는 한계가 없습니다.

저는 현대에도 누구나 마법사가 될 수 있다고 생각합니다. **휴대폰 화면에 촘촘히 써진 글들로 독자를 다른 세계로 이끄는 힘. 작가만이 할 수 있는 고유한 일.** 이게 진짜 마법이 아닐까요?

여러분들이 독자에게 보여주고 싶은 세계는?

독자들은 언제나 자신들을 깨워줄 무언가를 기다리고 있습니다. 스티브 잡스도 이런 말을 했습니다. 사람들은 자신들이 무엇을 원하는지 모른다. 그것을 보여주기 전까지. 저는 작가와 독자에게도 똑같은 원리가 적용된다고 생각합니다.

독자는 자신이 원하는 것을 모른다. 작가가 보여주기 전까지.

따라서 작가는 독자에게 보여주는 직업입니다. 독자들은 언제나 준비가 되어 있습니다. 지루한 일상에서 벗어나 자신을 미치게 할 무언가를, 삶을 바꿔줄 무언가를 말입니다. 모든 사람은 작가인 동시에 독자입니다. 여러분도 작품과 책을 읽는 독자로써 여러분을 미치게 만드는 작품을 언제나 기다리고 있지 않나요?

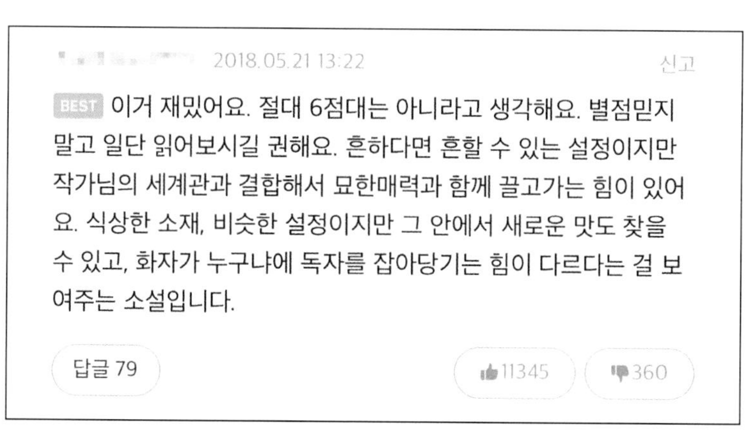

[출처: 네이버 시리즈 『전지적 독자 시점』 최다 추천 댓글]

따라서 작가가 되기로 결심했다면 무엇이든 씁시다. 자신의 작품이 어떤 평가를 받을지는 완결이 나기 전까지 아무도 모릅니다. 현재는 웹소설의 전설이 된 전지적 독자 시점의 플랫폼에 가면 전설의 댓글이 남아 있습니다.

작품 연재 초창기에는 그 무엇도 예상할 수 없습니다. 초반 무연 성적이 높거나 출판사 계약 조건이 좋다 하더라도 **결국 작품에 대한 진정한 평가는 완결이 난 이후에 결정됩니다.** 그러니 작품을 쓰기 시작하기로 마음을 먹었다면 완결을 내세요. 그것이 작가가 할 수 있는 가장 기본적인 일이자 동시에 가장 어려운 일입니다.

보여주기(Show)와 말하기(Tell)란?

보여주기(Show)와 말하기(Tell)를 간단히 설명하면 다음과 같습니다.

말하기: 남주는 분노했다.

보여주기: 남주의 숨이 점차 거칠어지더니 크라바트를 풀어 바닥으로 내동댕이쳤다.

인물의 감정이나 느낌을 직접 표현하면 말하기고, 인물이 어떤

감정이나 느낌일지 독자들에게 풀어 설명하는 것이 보여주기입니다. 대부분의 작법서가 말하기는 지양하고 보여주기를 지향하라고 하는데 그게 정말 옳은 일일까요?

저는 이것 또한 각 캐릭터의 성격이나 특성에 따라 달리 적용해야 하는 기법이라 생각합니다. 삼인칭 시점으로 그 인물의 생각과 느낌을 묘사한다고 했을 때 모든 인물을 '보여주기' 방식으로 표현한다고 해 봅시다. 묘사력이 뛰어나고 문장이 특출나지 않은 한 독자들은 지루해합니다. 생각해 보세요. 모든 문장이 보여주기 방식으로 쓰여 있다면 독자의 피로도는 높아집니다.

또한, 플랫폼마다 선호하는 문체가 다릅니다. 카카오는 '보여주기'보다 말하기 기법을 사용한 빠른 전개를 원합니다. 보여주기 기법을 활용하려면 단문보다는 장문을 써야 하기 때문입니다. 그렇다면 시리즈와 리디는 어떨까요? 말하기와 보여주기를 적절히 섞은 문장을 선호하는데 보여주기 기법이 조금 더 선호됩니다.

특히 **로맨스 판타지의 경우, 등장인물이 대부분 귀족이기 때문에 이들의 내면이나 감정을 묘사할 때면 보여주기가 많이 사용됩니다.** 거짓과 허영이 난무하기 때문에 직접적인 감정 묘사보다 이들의 행동으로 복잡 미묘하게 보여주는 것이 귀족 사회의 느낌을 한층 더 살려주기 때문입니다.

어려운 장면은 보여주지 말고 '말하기'를 택하라

신인 작가뿐만 아니라 기성 작가분들도 자신이 익숙하지 않은 소재나 장면은 묘사하기가 쉽지 않다고 말합니다. 예를 들어 대규모 전투 장면이나 판타지 동물의 외모 묘사, 주요 인물의 부상 장면 등 독자일 때는 별생각 없이 읽었던 장면을 직접 써보면 첫 문장부터 숨이 턱 막힙니다. 당연합니다. 직접 경험한 내용이 아닌 자신의 상상을 토대로 글을 써야 하기 때문입니다.

이때, 가장 안전하고 무난한 방법은 말하기 기법입니다. 이제까지 반복적으로 언급한 내용 중 하나가 멋진 글을 써야 한다는 강박관념을 버리라는 겁니다. 이 생각이 글을 망치는 주범입니다. 현재 자신의 수준에 맞는 글을 쓰는 것이 퇴고 시간을 줄이고, 시간이 흘러도 다시 읽을 수 있는 작품이 됩니다.

멋지고 훌륭한 글을 쓸 수 있다면 좋은 일이죠. 그런데 그런 글은 타고난 천재가 아니고서야 필력이나 스타일은 후천적으로 만들어집니다. 웹소설 작가를 지망하는 사람 중 **데뷔 문턱을 넘는 자와 넘지 못하는 자의 유일한 차이는 하나입니다. '계속 쓰는가?'입니다.** 죽이 되든 밥이 되든 계속 쓰는 자가 결국 이 데뷔의 문턱을 넘습니다.

오히려 예전에 한 번이라도 글을 잘 쓴다는 칭찬을 들은 사람이 데뷔 문턱을 넘지 못하는 경우가 많습니다. 자신이 글을 잘 쓴다는 의식 때문에 '내가 노력을 하지 않아서 그런 거지 각 잡고 쓰면 바로 데뷔할 수 있어!'라는 생각으로 작가가 되고 싶은 자신의 꿈을 희망 고문합니다. **글을 못 쓴다고 생각하는 사람은 꾸준히, 매일 쓰기 때문에 발전이 있습니다.** 슬럼프가 오는 날에도 울면서 계속 쓰는 사람이 결국 살아남고 강한 자입니다.

쓸 게 없다고요? 오늘은 쓰기 싫다고요? 피곤해서 우선 자겠다고요? 안 됩니다. **무조건 쓰세요.** 기준은 5천 자이지만 처음에는 쉽지 않을 수도 있습니다. 그래도 무조건 5천 자를 써야 합니다. 왜냐하면 날고 기는 기성 작가분들도 평균 5천 자 이상을 매일같이 쓰는데, 이들보다 노력을 하지 않는다면 어떻게 될까요?

서울대 의예과에 수석 합격한 학생이 고등학생 때 쓴 일기장이 화제가 된 적이 있습니다.

독서실에 마지막까지 남아 공부를 한다.
참 웃기는 일이다.
내가 제일 공부를 잘하는데, 내가 제일 열심히 한다.

5천 자를 매일 쓴다고 해서 바로 작가로 데뷔하는 건 아니지만 5

천 자 이상을 매일 꾸준히 쓰는 사람이 결국 작가로 데뷔합니다. 그러므로 오늘부터 글 쓰는 삶을 시작하세요. 몸의 근육을 단련하는 것처럼 여러분의 글 근육을 매일 단련시키세요.

말하기와 보여주기로 돌아오겠습니다. **익숙하지 않은 소재를 쓸 때 어려움을 겪고 있다면 그냥 말하기 기법으로 서술하세요.** 등장인물이 누군가를 칼로 찌르려 할 때 그 상황을 상세히 묘사하려 들지 마세요. 검집에서 검을 빼고, 어떤 기법으로 검을 휘둘렀고, 검기가 무슨 빛깔이며 남주의 눈빛이나 팔과 다리의 위치 등을 나노 단위로 설명하지 말고 핵심 내용만 간단히 서술합시다.

남주는 그의 복부를 꿰뚫었다. 솟구쳐 나온 붉은 피가 얼굴을 적셨다.

칼을 꺼냈다는 묘사도 할 필요 없이 그냥 '꿰뚫었다'로 표현해 봅시다. 그러면 독자들은 '아니, 방금 무슨 일이 일어난 거지?'라며 혼란스러워할까요? 아닙니다. **독자들은 행간에 적히지 않는 내용을 스스로 생각하기 시작합니다.** 어떤 무기를 썼을까? 꿰뚫었다고 한 걸 보니 찌르는 무기였겠네. 남주가 몸에 지닌 무기는 검과 화살이었으니 검일 확률이 높겠네.

만약 무협에서처럼 검을 휘두르는 방식이 특정 문파의 정체성을 나타낸다면 자세히 묘사해 줄 필요가 있지만, 그때도 반드시 필요한 건 아닙니다. 무언가 묘사하기 어렵다면 보여주기가 아닌 말하기 기법을 사용하세요. 웹소설에서는 말하기 기법이 보여주기 기법보다 정보를 전달하는데 더 효과적일 수 있습니다.

보여주기를 강력히 추천하는 파트

그런 제가 보여주기를 적극적으로 권장하는 파트가 있습니다. **바로 절단 신공을 발휘하는 회차의 마지막 문장입니다.** 웹소설은 1회차부터 '승-전-결-기'의 내용이 나옵니다. 주인공이 움직여야만 하는 다급한 상황으로 스토리가 시작되는데 페이지 터너라고 해서 다음 편을 궁금하게 만드는 건 결국 마지막 문장입니다.

결론이 코앞에 있다면 직전에서 끊자

만약 범인이 누군가 밝혀지는 장면이라고 한다면 '범인은 너야!'라고 주인공이 말한 뒤에 회차가 끝나는 방식입니다. 물론 독자의 입에서는 탄식이 나오겠지만, 그다음 회차로 넘어가지 않고서는 범인을 알 수 없기에 다음 회차로 넘어갈 수밖에 없습니다.

다만, 이 방식은 자주 반복하거나 다음 1 회차가 넘어갈 때까지 범인을 밝히지 않고 질질 끌면 안 됩니다. 위에서 언급했던 체호프의 총 이론처럼 작품 전체를 관통하는 복선이 아니고서야 그다음 회차에 바로 풀지 않을 내용이라면 독자에게 절단 신공으로 기대감을 심어줄 필요가 없습니다. 비밀이 있다고 말해 놓고선 오랫동안 알려주지 않는 건 소위 과금을 유도하는 방식으로 독자들에게 보일 수 있기 때문입니다.

작품을 읽는데 이런 비슷한 경험을 한 적이 있나요? 독자로서 그 기법이 신선하고 좋았다면 차용해도 좋지만 좋은 방식이 아니었다고 느꼈다면 지양하는 게 좋습니다. **따라서 작품 내에서 a라는 행동의 결과는 그 회차에 보여주는 것이 가장 좋고, 그로 인해 촉발된 다른 사건의 시작으로 회차를 마무리하는 것이 정석입니다.** 다만, 이 경우에는 5천 자를 넘을 수 있기에 a라는 행동의 결과가 완벽하게 밝혀지기 직전 절단 신공을 발휘해 그다음 편에서 결과를 알려줍시다.

절단 신공에서 유용한 보여주기 기법

회차마다 촉발된 사건이 해결된다면 작가의 머릿속은 사건 구성으로 온통 가득 차 있을 겁니다. 평균 3회 차가 하나의 사건이 시작해 끝맺음 되는 분량인데요. 위와 같이 명확한 맺고 끝음이 어려운 경우, 보여주기 기법을 사용해 특정 인물이나 사건, 사물을 묘사하며 여운을 남기면 훌륭한 절단 신공이 됩니다.

말하기: 남주는 분노했다.

보여주기: 숨이 점차 거칠어지던 남주는 결국 크라바트를 풀어 바닥으로 내동댕이쳤다.

이 문장에서 **절단 신공을 발휘하는 문장**을 덧붙여 보겠습니다

숨이 점차 거칠어지던 남주는 결국 크라바트를 풀어 바닥으로 내동댕이쳤다. 감히… 나를 거부해? 이별의 말을 잘도 속살거리며 사라진 붉은 눈동자를 떠올리자 그의 이마가 와락 구겨졌다. 바닥을 구르는 건 크라바트가 아닌 그녀에게 버림받은 남주 자신이었다.

회차의 글자 수를 자로 잰 듯 맞출 수 있다면 정말 좋겠지만 자르기가 애매한 부분이 반드시 등장합니다. 사건이 일어나기 전에

끊으면 공미포 3천 자(공포 5천 자)가 되고, 사건이 어느 정도 진행되고 끊으면 공미포 4천 자가 되는 그런 애매한 상황.

이런 경우에는 4천 자를 선택합시다. 회차의 분량을 채우지 못한 건 상업작을 연재하는 작가로서 독자와의 약속을 지키지 못한 것입니다. 최소 분량은 반드시 채워야 하고, 어쩔 수 없이 단어 수가 많아졌다면 그대로 올리는 것이 가장 좋습니다. 그런데 정말 분량을 채우는 게 힘들어 다음 회차의 분량이 염려되는 경우, 절단 신공을 발휘해 '보여주기' 기법을 활용하면 독자에게 여운을 남길 수 있습니다.

처음부터 이걸 적용하기가 쉽지 않습니다. 인풋을 통해 인기작은 매화 어떻게 끝나는지 확인해 보세요.

절단 신공을 가장 간단하게 적용하는 방법

① 범인이 밝혀지기 직전 끝을 내자. 사랑을 고백하는 장면이라면 남주가 여주에게 사랑을 고백하기 직전 끝내고, 헤어지는 장면이라면 여주가 남주에게 헤어지는 대사를 고백한 직후 끝내자. 어떤 내용인지에 따라 타이밍이 달라진다. 무조건 직전

에 끝을 낸다고 해서 좋은 건 아니다. 폭탄을 터뜨리고 바로 끝내버리는 것이 더 효율적일 때도 있으니 독자의 반응을 예상해 최적의 절단 신공을 발휘해 보자.

② 마지막 문장은 지문이나 인물의 대사로 끝내는 방식이 비교적 편하다. 지문으로 끝을 낼 거라면 보여주기 기법을 적용하자.

독자들을 세뇌하지 말고 보여줘라

주인공이 리더십이 있다는 걸 보여주고 싶다면 그 사람의 지위로 알려주는 것이 아니라 리더십이 드러나는 에피소드로 보여줘야 합니다. 독자가 지위나 직접적인 문장을 보고 주인공의 리더십을 느끼는 것이 아니라 주인공에게 펼쳐진 상황 속에서 '와, 주인공 진짜 리더십 있다!'라고 느껴야 합니다.

인물을 보여주는 에피소드를 구상하기 어렵다면 역사 속 실제 인물의 일화를 참고하여 작성해 보면 좋습니다. 작품에 전투 장면이 등장한다면 역사 속 전쟁에 참여해 승리로 이끈 인물의 일대기를 보며 작품과의 개연성을 고려하며 구상하면 도움이 됩니다.

06

어렵다면 프롤로그를 쓰자. 반쯤은 먹고 간다

이제 막 글을 쓰기 시작한 분들은 프롤로그와 1화를 분리해서 생각하지만 무료 연재처에 올린 첫 화가 무조건 1화입니다. 프롤로그를 첫 편으로 올리면 해당 편이 1화입니다.

	유형 1	유형 2	유형 3
1화 유형	프롤로그만 제공	본편 바로 시작	프롤로그 + 본편

프롤로그는 독자를 후킹하는 대표적인 방법입니다. 중반 이후에 등장하는 장면을 본편이 시작되기 전 '미리 보기'로 살짝 보여주는 겁니다. 이 방법은 기성 작가분들도 사용하는 방법입니다.

특히 이야기의 시작 부분에 주인공이나 두 남녀의 오해나 갈등 상황이 길어진다면(고구마 구간이 길다면) 프롤로그에 문제가 해결되는 장면으로 독자들을 후킹합니다. 독자가 도달해야 할 1차 목적지를 제공함으로써 독자 이탈을 막는 겁니다. 런칭작의 베스트 댓글을 순위대로 살펴보면 프롤로그가 등장하는 회차를 표시하는 댓글이 늘 상위권을 차지하고 있습니다. 독자들은 프롤로그 파트가 나오는 부분까지 작품을 읽는다는 의미입니다.

남성향의 경우, 주인공 혼자서 또는 조력자와 함께 사건을 해결하고 이끌어 가는 내용이 많습니다. 제목부터 굉장히 직관적이고, 작품 소개 글도 짧으면 1줄로 끝나는 경우가 많습니다. 주인공 한 명의 목표와 욕망을 담고 있는 이야기이기 때문입니다.

여성향의 경우를 살펴봅시다. 여주판은 남성향과 비슷한 흐름이지만 로맨스의 경우는 다릅니다. 사랑은 여주인공 혼자서 해결할 수 없습니다. 따라서 주인공 단독으로 진행되는 웹소설과 달리 로맨스의 경우, 남주와 여주의 캐릭터에 대한 설명이 필요하고 두 인물의 관계가 최초에는 A였지만 결국에는 B(서로 사랑에 빠진다)로 바뀌는 내용입니다. 독자들은 작품의 결말이 여주와 남주의 해피엔딩으로 끝나는 것을 이미 알고 있습니다. 그렇다면 무엇을 기대하고 작품을 읽는 걸까요? **두 사람이 사랑에 빠지는 과정을 보기 위해 작품을 읽습니다.**

	시작	결말	주인공
남성향 여주판	주인공의 욕망과 목표	주인공이 목표를 달성한다	1명
여성향 로맨스	여주와 남주의 만남	여주와 남주가 사랑에 빠진다	2명

따라서 남성향과 여주판보다는 여성향 로맨스에서 프롤로그 파트 특히, 두 남녀가 서로의 마음을 확인하는 장면이 등장하는 경우가 많습니다. 그 이유는 두 남녀가 사랑에 빠지는 것이 결국, 로맨스의 결말이기 때문입니다. 남주와 여주의 사랑이 이루어지기 어려울수록 둘의 서사가 심금을 울리기 때문에 두 남녀의 시작은 이루어질 수 없는 관계에서 시작되어야 합니다.

	남주와 여주의 관계		
이야기의 시작	남주	<————————>	여주
이야기의 결말	남주/여주		

독자들이 여성향 로맨스에서 기대하는 건 두 남녀가 서로의 마음을 확인하고 사랑에 빠지는 감정입니다. 아래 키워드들의 특징은 남주와 여주의 시작점이 아주 멀리 있기 때문에 중반 이후부터 두 남녀의 케미를 기대할 수 있습니다. 따라서 독자들이 고구마 기간이라고 불리는 초, 중반을 견딜 수 있는 동인으로 두 남녀가 서로의 마음을 확인하는 장면을 프롤로그에 넣는 걸 추천합니다.

키워드: 후회남, 상처녀, 계약관계, 선결혼후연애, 소유욕/집착, 신분차이, 혐관서사

	초, 중반	후반
남주와 여주의 관계성	후회남, 상처녀, 계약관계, 선결혼후연애, 소유욕/집착, 신분차이, 혐관서사	사랑

↓

둘의 관계가 변화하는 장면을 프롤로그로 넣어주자

프롤로그를 작성할 때, 반드시 포함되어야 할 내용은 **두 남녀의 대사**입니다.

1. 각 인물의 키워드가 드러나는 대사를 보여주자
2. 작품 초중반에 나오는 두 인물의 관계가 반전되는 장면을 선택하자

남주가 후회남/오만남인 경우라면, 프롤로그 부분에는 여주에게 집착하는 장면을 보여줍시다. 각 인물의 키워드가 극명하게 드러나는 대사를 작성할수록 후킹되는 독자들이 많아집니다.

07

일인칭 시점의 내적 독백

키워드: 무협, 복수, 권선징악, 힘숨찐, 각성자, 능력자, 먼치킨, 시한부, 끔살엔딩, 멸망이후, 마교, 아포칼립스, 인생N회차, 차원이동, 책빙의, 회귀, 환생, 빙의, 사이코패스

일인칭 시점의 내적 독백은 위의 키워드로 쓰인 작품에서 1화에 등장하는 내용입니다. 대부분 모종의 이유로 죽음을 맞이하는 주인공의 내적 독백이 이어지고, 그다음 회귀가 발생하는 전개가 많습니다. 대다수 장르에서 많이 쓰이는 기법이지만 무협+회귀에서 단골로 볼 수 있는 장면입니다.

_ □ ×

08

1차원적 서술 vs 3차원적 서술

1차원적 서술이나 3차원적 서술은 제가 임의로 명명한 서술법입니다. 신인 작가와 기성 작가가 글을 쓸 때 가장 큰 차이점을 보이는 부분이라고 할 수 있는데요. 신인 작가는 1차원 적으로 이야기를 진행해 나간다면 기성 작가는 3차원 적으로 이야기를 서술한다는 점이 다릅니다.

예를 들어, **복숭아 먹는 장면을 묘사한다고 가정해 봅시다.** 신인 작가의 경우에는 그 복숭아를 어떻게 따는지, 맛은 어떤지, 그 먹는 모습을 묘사하는 데 치중합니다. 그런데 기성 작가는 복숭아를 먹으며 과거에 있던 인물의 경험을 더해 독자들에게 훨씬 더 풍부한 감정과 경험을 제공합니다. 주인공의 과거와 그의 성격 등 현재 일어나는 일을 토대로 주인공의 과거나 성격, 복숭아와 얽힌 일화 등을 보여줍니다.

1차원: 여주가 복숭아를 한 입 베어 물자 달콤한 즙이 입술을 타고 아래로 흘러내렸다. 복숭아의 달콤하고 상큼한 향이 입 안 가득 퍼졌다. 부드러운 식감과 입안을 채우는 달콤함. 코끝에 감도는 부드러운 향까지. 복숭아를 한 조각 씹을 때마다 배부른 포만감이 그녀를 미소 짓게 만들었다.

3차원: 여주가 복숭아를 한 입 베어 물자 달콤한 즙이 입술 사이로 흘러나와 목을 적셨다. '네 태몽이 복숭아였지,' 엄마가 쥐여준 복숭아는 어린 그녀의 손에 벅찰 만큼 컸다. '우리 손녀의 태몽도 복숭아면 예쁘겠죠?' 부모님의 행복한 웃음소리가 집 안 가득 울렸다.
하지만 행복은 오래가지 못했다. 억울한 누명을 쓴 아버지의 죽음을 필두로 얼마 못 가 어머니마저 목숨을 잃었다. 이후, 여주는 복숭아를 삼킬 때마다 원수를 향한 넘치는 복수심도 꾸역꾸역 집어삼켰다.

이렇게 하나의 사물이나 사건을 놓고 신인 작가는 그 자체의 묘사나 갈등에 집중한다면 **기성 작가분들은 이걸 과거나 미래의 사건과 엮는데 탁월한 감각을 지녔습니다.**

보편적인 상징 vs 작품 내 특별한 상징

작품 내에서 독자들에게 놀라움을 선사하는 방법 중 하나는 **상징을 다양하게 활용하는 방법**입니다. 여기에는 보편성을 활용하는 상징과 작품 내에서 작가가 유일하게 만들어 낸 상징을 이용하는 방법으로 나뉩니다.

보편적으로 사용되는 상징은 독자들도 암묵적으로 알고 있는 경우가 많습니다. 예를 들어 연인이 선물하는 신발은 이별을 의미합니다. 해당 장면이 등장할 경우, 독자들은 별다른 부연 설명 없이도 '어? 둘이 헤어지나 보다!'라는 추측을 하게 됩니다. 이런 보편적인 상징을 활용하면 해당 내용이 작품 내에 뜬금없이 등장해도 독자들은 개연성을 의심하지 않습니다.

반면, **작품 내 특별한 상징은 작가가 의도적으로 의미를 부여하는 방법**입니다. 복숭아는 보편적으로 여자아이를 뜻하는 태몽으로 등장하지만, 위의 예시에서는 부가적인 의미가 있습니다. 부모님의 사랑과 복수심을 일깨우는 요소입니다. 이처럼 인물의 서사마다 특정 소재나 소품을 연관 지어 놓으면 앞으로의 전개에 대한 복선을 해당 상징으로 깔아둘 수 있습니다.

이걸 해내는 방법은 위에서도 언급했듯이 작품의 끝을 보는 것입니다. 작품을 시작해 완결을 내고, 독자와 담당자로부터 피드백을 받는 등 작품에 대해 끊임없이 생각하는 겁니다. 혹은 트리트먼트가 아주 상세히 짜인 경우라면 후반부에 중요한 역할을 하는 요소나 상징을 초반부터 의도적으로 배치할 수 있습니다.

1. 작품의 아주 상세한 트리트먼트를 구성하자. 그러면 기성 작가가 구사하는 3차원 묘사법을 초고에도 써낼 수 있다.

2. 상세한 트리트먼트가 없다면 무조건 많이 쓰자. 그것도 완결된 작품을 많이 써야 한다. 쓰다 보면, 그리고 결말 부분에 다다를수록 글의 부족했던 부분이 보인다.

09
1화에 보편적으로 등장하는 장면 리스트

1화는 주인공의 탄생이 아닌, 스릴 있고 흥미진진한 사건의 한복판에서 시작합니다. 스토리가 전쟁에 관한 얘기라면 전쟁을 준비하는 주인공부터 시작하는 것이 아니라 패배하기 직전이나 혹은 누군가에게 공격을 당한 이후 등 긴박한 상황으로 1화를 시작됩니다. 또한 1화에서는 주인공이 달성하고자 하는 목표나 욕망이 드러나야 합니다.

- 억울한 죄를 뒤집어쓰고 죽는 주인공(회귀, 복수)
- 주인공이 불륜을 목격(회귀, 복수)
- 주인공의 연인과 간통을 저지르는 악역의 모습(회귀, 복수)
- 사랑하는 사람을 잃는다
- 주인공의 하룻밤 실수
- 회귀 이전의 실패한 삶
- 복수에 성공한 주인공
- 가족을 배신하는/배신당하는 주인공
- 모든 걸 이루고 회한을 느끼는 주인공

- 세계관 내에서 악역으로 몰려 쫓기는 주인공
- 위험에 빠진 주인공
- 주인공이 숨겨온 정체가 들통나는 장면(남장 여주, 여장 남주, 얼굴이 닮은 형제로 위장하거나 목숨이 위험한 권력자를 대신하는 평민이나 사생아 출신으로 등장 등)
- 겉모습과 속마음이 다른 주인공의 모습
- 여주에게 매달리는 남주의 모습
- 이전 삶에서 실패한 것을 다시 반복하지 않겠다고 다짐하는 주인공
- 죽음의 위기에 놓인 주인공
- 각성하는 주인공의 모습
- 이 세상의 비밀 혹은 진리를 유일하게 깨닫게 되는 모습
- 이 세상에서 주인공만이 유일하게 가진 능력을 보여주는 장면
- 상태창/레이드물/던전/성좌물/겜판물/게임빙의 등 초월적 존재와 소통하는 모습이나 주인공의 눈에만 특별한 것이 보이는 장면

10

1화에서 반드시 피해야 할 내용 리스트

세계관 설명

여러분이 판타지 요소가 들어간 세계관을 배경으로 작품을 집필한다고 가정해 봅시다. 그렇다면 1화에서부터 세계관과 작품의 배경이 되는 설정에 대해 알려줘야 할까요? 아닙니다. 세계관 설명은 하지 않을수록 좋습니다. 1화에 주인공의 목표나 욕망이 등장하지 않고 작품의 배경이나 세계관 설명만 나열되어 있다면 독자들은 뒤로 가기 버튼을 바로 누릅니다.

저 또한 주인공이 이렇게 행동하는 이유가 세계관 때문에 그러하며 공격 마법의 작동 원리까지 초반부에 아주 세세히 설명한 적이 있었습니다. 작품을 이해하기 위해 독자에게 반드시 제공되어야 할 정보라 생각했기 때문인데요. 잘 생각해 보면 독자들이 웹소설을 읽는 이유는 이런 세계관이나 원리에 있는 것이 아니라 주인공을 통한 대리만족입니다. 독자들은 주인공의 모습을 보고 싶고, 주인공에게 감정 이입을 하고 싶은데 초반 회차에 세계관 설명만 계속 등장한다면 지루할 수밖에 없습니다.

작품의 세계관이 특별하다면 설명할 수밖에 없지만, 상업용 웹소설을 연재할 때는 이야기를 전개하며 그 속에 세계관 작동 원리를 녹아내려야 합니다. 종이책이나 이북 등으로 완결까지 한 번에 출간할 때는 세계관을 설명하는 내용이 얼마든지 초반에 들어가도 상관없습니다. 다만, 웹소설 독자들은 편당 결제를 합니다. 자신들의 소중한 시간이나 돈이 세계관 설명으로 소비되는 걸 원하지 않습니다. 독자들이 원하는 건 오직 주인공입니다. 로맨스 웹소설이라면 어떤 식으로든지 매 회차 남주가 등장해야 합니다. 물리적으로 등장할 수 없는 상황이라면 여주의 회상이나 꿈으로라도 등장시켜 줘야 합니다. 그 이유가 뭘까요? 독자들이 보고 싶어 하기 때문입니다.

이미 존재하는 세계관을 활용하자

완결작을 낸 경험이 없다면 첫 작품만은 특이한 소재와 세계관을 직접 창조하기보다 기존에 존재하는 세계관 키워드를 활용합시다. 새로 창조한 세계관이나 독자들에게 익숙하지 않은 소재라면 작가가 필연적으로 작품 내에서 세계관 설명을 할 수밖에 없습니다. 그럴 경우, 위에서도 언급했듯이 독자의 하차 요인이 됩니다.

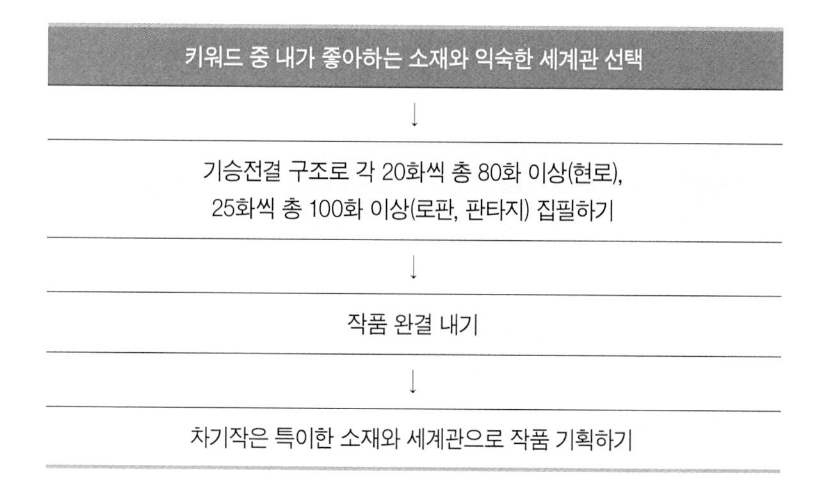

한 작품이라도 완결을 내고, 새로운 소재와 세계관은 차기작으로 집필하는 걸 추천해 드립니다.

이건 정말 특이한 소재입니다!

특이한 소재라 다른 작가분이 쓰기 전 작품을 집필해야 한다는 분들도 있는데요. 극 마이너에 매우 특이한 소재가 아니고서야 상업작으로 출간될 수 있는 소재는 이미 존재한다고 보셔도 무방합니다. 장편에서는 없다고 하더라도 단편, 초단편, 그것도 어렵다면 해외의 책이나 영화, 뮤지컬 등의 창작 활동까지 영역을 넓히면 줄거리는 다를 수 있어도 소재는 사용됐을 확률이 높습니다. 바퀴벌레가 주인공의 조력자로 등장하는 작품도 있으니까요. (영화 조의 아파트)

주인공의 과거

웹소설에 회빙환이 포함되면 주인공의 전생이나 과거의 삶이 언급되지만, 이 분량은 점차 줄어드는 추세입니다. 트럭에 치였는데 이 세계에 빙의 또는 환생했다는 내용이 가장 많아 환생/빙의 트럭이라는 말까지 있는데요. 여기에서 여러 가지 환생과 빙의하는 방법이 파생되었지만, 작품을 진행하는 데 있어서 크게 중요한 부분은 아닙니다.

독자들도 웹소설에서 회빙환이라는 요소 자체에 거부감이 없이 당연하게 받아들이기 때문에 전생에 어떠한 삶을 살았고, 어떤 죽음을 맞이해 이 세계에 왔는지 설명할 필요가 없습니다. 한 문단 정도 혹은 2~3줄 정도로 빙의했다는 내용과 자신이 빙의한 책에 대한 정보(주인공이 빙의하거나 환생한 캐릭터의 운명과 주요 인물들의 결말)를 언급하면 좋습니다.

회빙환 코드가 있는 경우에는 주인공이 해당 세계의 미래를 알고 있다는 사실을 전제로 하고 있기 때문에 이야기 전개가 굉장히 빨라야 합니다. 이야기 초반 특히, 1~3화 사이에는 최초 3개 이상의 장면 전환을 포함해 주인공이 목표와 욕망, 최초의 장애물을 만나고 주요 인물과의 첫 만남을 보여줘야 합니다.

회빙환이 아닌 경우라면 작품의 주요 사건이 일어나는 시점에서 스토리가 시작되어야 합니다. 계약 연애라고 한다면 두 남녀가 계약 연애를 할 수밖에 없는 상황이 펼쳐져야 하고, 남주와의 이혼이 목적이라면 이혼장을 건네는 장면부터 시작해야 합니다. 독자들이 주인공과 사랑에 빠진 이후라면 그 인물에 대한 모든 것을 알고 싶어 하므로 과거 서사는 중반 이후에 등장해도 상관없습니다. 다만, 주인공에게 몰입해야 하는 작품 초반에는 과거보다는 현재, 현재보다는 앞으로 나아가는 미래에 대해 서술해야 합니다.

4장

첫 문장 쓰는 법

이제까지 프로로그와 1화에 어떤 내용이 담기면 좋을지에 대한 설명이었다면 아래는 실제로 첫 문장을 쓰는 방법입니다.

01
주인공의 대사

이야기의 시작을 주인공의 대사로 시작한다면 지문을 읽을 때보다 독자들의 몰입도가 높아집니다. 웹소설을 볼 때, 지문은 사선 읽기를 하더라도 등장인물의 대화는 꼼꼼히 읽는 독자들이 많습니다. 그 이유가 무엇일까요? 의미가 있는 내용이 등장인물의 대사나 행동으로 전달되기 때문입니다.

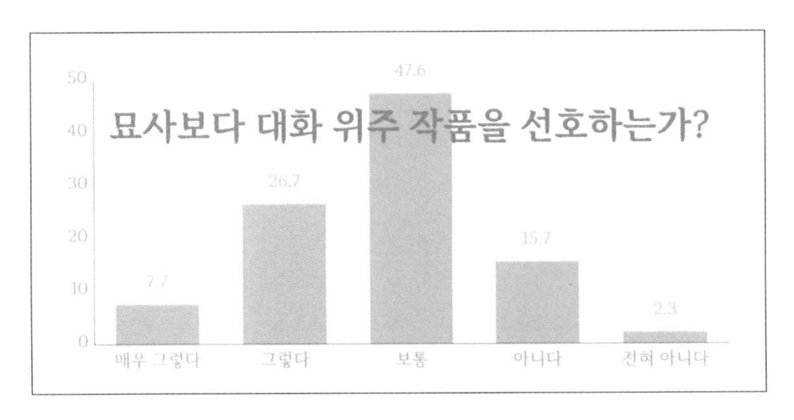

[자료 출처: 케이디앤리서치 2020]

말투

독자들은 주인공의 말투를 중요하게 여깁니다. 아마, 여러분들도 특정 말투에 끌리는 경향이 있을 텐데요. 혹자는 사투리를 쓰는 남주는 지뢰 요소라며 피할 만큼 남주와 여주의 말투는 작품 선택에 있어 중요한 역할을 합니다. (저는 사투리를 쓰는 츤데레 남주를 아주 좋아합니다. 작품으로 많이 나왔으면 좋겠습니다.)

사투리를 사용하는 인물은 주인공보다 조연일 확률이 높지만, 최근에는 농촌에서 힐링물이 인기를 끌면서 사투리를 사용하는 주인공들도 심심치 않게 등장하고 있습니다. 캐릭터가 사용하는 말투만으로 독자들은 많은 것들을 유추해 낼 수 있습니다.

---

1. 성격은 '얼굴'에 나타난다
2. 생활은 '체형'에 나타난다
3. 본심은 '행동'에 나타난다
4. 미의식은 '손톱'에 나타난다
5. 청결감은 '머리'에 나타난다
6. 배려는 '먹는 방법'에 나타난다
7. 마음의 힘은 '목소리'에 나온다
8. 스트레스는 '피부'에 나타난다
9 차분하지 못함은 '다리'에 나타난다
10. 인간성은 '약자에 대한 태도'에서 나타난다

캐릭터 특성을 보여주는 방법

사투리가 아니더라도 문장의 어미에 따라 사람의 성격을 유추할 수 있습니다. '다, 나, 까'로 말을 하는 사람은 절도 있고, 딱딱하고, 다른 사람과 거리를 두는 냉정남, 오만남, 조신남, 무심남 키워드와 어울립니다. 직업 또한 군인이나 귀족, 재벌 등이 어울리는 말투입니다.

반면, '~요'로 끝날 경우, 부드럽고 순종적이고, 상대방을 배려하는 느낌을 줍니다. 연하남, 능글남, 노예남은 '~요'의 말투를 씁니다. 흑막남은 자신의 속마음을 숨기고 있기 때문에 겉으로는 친절한 말투를 쓰지만 자신의 진짜 속마음을 보일 때는 다른 말투를 사용할 수 있습니다.

	키워드
-다, -나, -까	후회남, 철벽남, 오만남, 까칠남, 순정남, 존댓말남 등
-요	애교남, 능글남, 연하남 등
반말	오빠친구, 재벌남, 오만남, 까칠남, 나쁜남자, 외국인남 등
반존대	유혹남, 외국인남 등

무협이나 동양풍이 배경인데 현대어를 쓰면 독자의 몰입이 깨집니다. 각 장르와 세계관에 어울리는 말투와 용어는 인풋을 많이 하는 수밖에 없습니다. 따라서 위에서도 언급했듯이 첫 작품은 자

신이 잘 알고 있거나 친숙한 세계관을 선택해 작품을 집필하는 것이 좋습니다.

캐릭터의 말투는 결국, 캐릭터의 성격입니다. 여러 인물이 등장한다면 주요 인물들의 말투와 성격은 서로 겹치지 않도록 설정해야 합니다. **이때 중요한 건, 캐릭터마다 구별이 가능한 말투를 사용해야 합니다.** 특히, 남주 후보들이 여러 명 등장하는 역하렘의 경우에는 말투가 비슷하거나 같을 경우, 캐릭터마다 차별성이 없기 때문에 특색있는 말투를 어떻게 드러낼지 고민이 필요합니다. (4명이 서로 다른 말투를 사용하며 매력을 뽐내기란 쉽지 않은 일입니다.) 육아물에도 여러 명의 남자 캐릭터가 등장하는데요. 아버지 캐릭터에서 여러 명의 오빠와 남주 캐릭터 등이 등장합니다. 이 경우에는 위계별로 말투가 구분되기 때문에 남주 후보가 여럿인 경우보다는 인물 대사를 창작하는데 어려움이 덜합니다.

직업

주인공의 직업을 유추할 수 있는 대사를 활용해 보는 것도 좋습니다. 전문직에 종사하는 주인공이라면 그 분야에서만 쓸 수 있는 말투나 단어로 시작하면 독자의 집중력을 높일 수 있습니다.

다만, 전문직이 사용하는 은어나 용어, 말투는 철저한 사전 조사가 이루어져야 하기 때문에 관련 분야에 종사하는 사람에게 피드백을 받거나 인풋을 많이 해야 합니다. 혹은 관련 드라마나 영화를 보면 각 상황에 맞는 적절한 대사를 파악할 수 있습니다.

신분

귀족이나 왕족이라면 신분을 드러내는 권위 있는 말투로 좌중을 휘어잡는 대사로 시작할 수 있습니다. 귀족과 왕족은 한국에는 현재 없는 신분이기 때문에 관련 콘텐츠를 접하지 않으면 흔하게 접할 수 있는 문화가 아닙니다. 신분제 또한 현재 존재하지 않는 나라들이 많기 때문에 평소에는 사용하거나 들을 수 없는 대사로 독자의 호기심을 끌어낼 수 있습니다.

_□×

02
주변 인물의 주인공에 관한 대사

주인공이 아닌 다른 인물의 대사입니다. 이들의 대화는 당연히 주인공에 관한 이야기인데요. 주인공이 작품 내에서 받는 평가를 직접적으로 드러낼 수 있어 독자는 주인공에 대한 정보를 알 수 있습니다.

주인공에게 사형을 선고하는 대법관이라던가 죽음을 앞두고 감옥에 갇혀 있는 주인공을 찾아온 악역이라던가 약혼을 앞둔 남주가 정부에게 여주에 대한 험담을 한다던가 등 청자가 주인공일 수도 있고, 아닐 수도 있습니다. 주변 인물의 대사를 통해 독자는 주인공과 관련된 여러 가지 정보를 수집합니다.

작품의 주제가 주인공이 복수하는 내용이라면 1화에 억울하게 죽음을 맞이하는 주인공과 악역의 대화로 시작해 봅시다. 도망 여주가 키워드라면 천신만고 끝에 여주를 찾은 남주가 제발 돌아와 달라며 빌고 애원하는 장면을 프롤로그로 넣어봅시다. 독자는 지문보다 대사에 공감하고 더욱 몰입합니다.

03

주인공의 풀 네임을 첫 줄로 써보자

웹소설 작가를 지망하는 사람들이 흔히 하는 실수 중 하나는 주인공의 이름이나 모습을 1화에 등장시키지 않는 것입니다. 독자가 몰입해야 할 주인공과 이들의 이름은 1화에 등장해야 합니다. 역하렘의 경우에는 모든 남주가 한 회차에 등장하는 장면이 사건이 발생하지 않는 한 힘들지만, 원앤온리의 경우에는 서로의 마음이 쌍방이 되기 전까지 매회 함께 등장해야 합니다.

남성향이나 여주판의 경우에는 주인공 1명이 이야기를 끌어나가는 구조이기 때문에 모든 회차에 주인공이 등장할 수밖에 없습니다. 로맨스의 경우에는 남주와 여주가 회차마다 적어도 한 번은 만나 소통하는 모습을 보여줘야 합니다.

따라서 작품의 첫 문장이 생각나지 않는다면 다짜고짜 주인공의 이름, 그것도 풀 네임을 써봅시다. 배경이 현대가 아닌 서양 판타지 세계일 경우, 외국 이름이 등장하는데요. 귀족이나 왕족, 황족은 이름이 1줄 이상을 차지하는 경우도 있습니다. 서양 귀족의 경우, 신분이 높을수록 미들 네임에 여러 가지 것들을 넣기 때문에 긴 이름을 보면 독자들은 자동으로 이 인물의 신분이 높다는 걸 행간으로 파악합니다.

04

낯설게 시작하라

이 방법은 엄밀히 말하면 1화를 쓰는 방향인데요. 독자들에게 익숙한 내용으로 1화를 시작해 이끌어 가다 마지막 부분에 독자의 예상을 벗어나는 반전으로 끝맺는 방법입니다. 클리셰대로 이야기가 진행되어 독자들이 안심한 순간, 독자의 예상을 빗나가는 방향으로 스토리를 비트는 겁니다. 이때 독자들은 작품에 훅 빠져 듭니다. '어? 이게 이렇게 된다고? 이렇게 되면 이야기가 전개될 수 있나?'

여러분이 작품을 읽을 때, 작품에 몰입하게 된 순간을 떠올려 보세요. 그 순간 중 하나는 주인공이 예상과 전혀 다른 행동을 보인 순간이었을 겁니다. 독자의 예상을 뛰어넘는 전개로 낯설게 시작해 봅시다.

05
가랑비처럼 독자에게 스며들어라

위에서 설명한 '낯설게 시작하라'와 정면으로 배치되는 내용으로 보일 수 있지만 실상 4)와 5)를 적절히 혼용해 이야기를 전개해 나가라는 의미입니다.

	초반	후반
매 1화	독자에게 익숙한 모습으로 다가가기	클리셰 비틀기

후반부에 나올 작품소개 글 작성하는 방법에서도 핵심은 독자에게 익숙한 모습으로 다가가되 직접적으로 후킹하는 포인트는 다른 작품과 차별화될 수 있는 요소입니다. 대니얼 카너먼이 쓴 『생각에 관한 생각』에 뇌에서 정보를 받아들이는 방법에는 두 가지가 있다고 설명합니다.

	의미
인지적 편안함	내가 직접 제어한다는 느낌 없이 노력을 들이지 않고 무의식적으로 빠르게 작동하는 방식
인지적 부담감	복잡한 계산을 포함한 개인의 노력이 필요한 정신 활동. 주관적 경험과 관련된다

인지적 편안함은 위에서 말한 가랑비처럼 독자에게 스며드는 방법이고, 인지적 부담은 독자에게 낯설게 다가가는 방법입니다. 예를 들어 계약 연애라는 키워드를 생각해 봅시다. 독자들은 정략결혼이라는 단어를 보자마자 인지적 편안함으로 다음의 이야기 전개를 당연하게 받아들입니다. 서로에게 아무런 감정이 없는 두 남녀가 가문의 이익을 위해 사랑 없는 결혼을 올리는 내용입니다. 1화가 이렇게 시작되고, 작품 소개글도 이와 비슷한 내용이라면 독자는 편안함을 느낍니다. 그 이유는 정략결혼이라는 키워드이기 때문에 받아들일 수 있는 내용이기 때문입니다.

그런데 결혼을 하고 나서 공작의 집무실에 들어가니 여주 여동생의 초상화와 그녀를 향한 연서가 발견됩니다. 그 순간 여주는 큰 충격을 받습니다. 자신을 향한 줄 알았던 남주의 편지가 원래는 여동생을 위한 것이었으며 이 결혼도 여동생과 가까워지려는 그의 수작이었다는 걸요. 막장 드라마를 보는 듯한 전개이지만 독자들은 여주가 충격을 받을 때 똑같이 충격을 받았을 확률이 높습니다. 원래 정략결혼의 클리셰라면 두 남녀가 사랑에 빠져야 하는데 남주가 여주의 여동생을 좋아한다니요. 다음 전개는 두 갈래로 나눠질 수 있습니다. 당연히 새로운 남주가 출연하거나 여주가 사실 오해를 했다는 내용으로 말입니다.

	인지적 편안함 (처음)	인지적 편안함 (중간)	인지적 부담 (반전)
클리셰	관심 없는 두 남녀가 만남	계약 연애를 시작함	사랑에 빠짐
클리셰 비틀기	관심 없는 두 남녀가 만남	계약 연애를 시작함	남주의 원래 목적이 여주의 여동생이었다는 비밀이 들통남

알고 보니 남주는 정략결혼을 하기 전부터 여주를 보고 첫눈에 반해 그녀의 여동생과 몰래 만나며 여주에 대한 정보를 알음알음 모아왔던 것입니다. 그녀와 닮은 여동생의 얼굴을 그리며 결혼 이후, 직접 초상화를 그려주겠다 다짐하고, 연서를 한 번도 써본 적 없던 그는 여동생에게 편지를 봐달라고 요청했던 사실이 나중에 밝혀집니다. (물론 예시로 들기 위해 억지스러운 부분이 많이 첨가되어 있지만요.)

독자가 인지적 편안함을 느끼도록 키워드는 익숙한 소재로 고르되 클리셰를 비틀어 독자에게 인지적 부담을 안겨주는 순간, 독자의 뇌는 편안하지 않습니다. 생각이라는 걸 시작하며 집착 아닌 집착을 하게 됩니다.

따라서 처음부터 어려운 소재나 익숙하지 않은 세계관으로 작품을 집필하는 것보다 익숙한 키워드를 선택해 전개 방식을 비트는 것이 가장 좋습니다. (다만, 클리셰 비틀기를 개연성과 핍진성에 맞춰 전개해 나가기란 쉽진 않기에 끊임없이 고뇌해야 합니다.)

06
첫 화에 결정되는 것들

작품의 문체와 시점

1화에 결정되는 것은 여러 가지가 있지만, 작품의 문체와 시점은 변경할 수 없습니다. 특히 남성향이나 여주판의 주인공 또는 여성향 로맨스에서 여주의 시점은 1화의 설정대로 완결까지 따라갑니다. 쉽게 말해 일인칭인 '나' 또는 삼인칭인 '이름' 혹은 '그녀', '그' 둘 중 하나로 고정됩니다. 다른 인물의 시점은 전환 표시로 삼인칭으로 등장하지만, 주인공의 시점은 변경할 수 없습니다.

시점에 관해 설명하는 책에서도 삼인칭으로 지칭되는 것보다는 '나'를 화자로 말하는 게 읽는 독자로 하여금 쉽게 몰입할 수 있다고 설명합니다. 이 부분은 많이 써보면서 본인에게 익숙한 시점으로 집필하는 것이 좋습니다. 남성향의 경우에는 압도적으로 '나'가 많으며 여성향은 플랫폼과 작품 분위기에 따라 선호하는 시점이 다릅니다.

일인칭/단문 → 카카오 페이지

화자가 '나'로 진행되는 작품은 카카오 페이지나 여주판, 남성향이 많습니다. 가끔 화자가 다른 인물로 전환될 때는 삼인칭 시점에서 묘사되지만, 이야기를 진행하는 주요 화자는 일인칭 화자 '나'가 가장 많습니다.
일인칭 서술의 가장 큰 특징은 화자가 본인의 외적인 행동에 대해 묘사할 수 없다는 것입니다. 얼굴 묘사는 대부분 거울이나 물에 비친 모습으로 묘사합니다.

삼인칭/장문 → 시리즈

삼인칭은 보통 회빙환 코드가 작품에 없을 때 사용됩니다. (물론 모든 작품이 그렇다는 것은 아니지만 회빙환이 없는 작품의 경우에는 삼인칭 시점이 많습니다.)

시리즈와 리디는 회빙환 장치가 없는 작품도 많이 런칭됩니다. 회빙환이 없다는 말은 현대인이 그 시대로 환생하거나 빙의되지 않았다는 뜻이기에 현대어가 등장하지 않아 분위기가 비교적 묵직합니다. 여주의 머리카락 색도 현실에서 볼 수 없는 분홍이나 보라색보다는 금발이나, 흑발, 갈발 등 현실에 있을법한 외모로 묘사됩니다. 모든 것에는 예외가 있기 때문에 반드시 이렇다는 건 아니지만 플랫폼을 사용하는 연령대가 다르므로 작품의 주요 독자층을 염두에 두고 플랫폼을 선택하는 것이 결국 런칭 이후 좋은 성적을 내는 방법입니다.

5장

무료 연재로 독자 사로잡기

01
무료 연재 시작하기

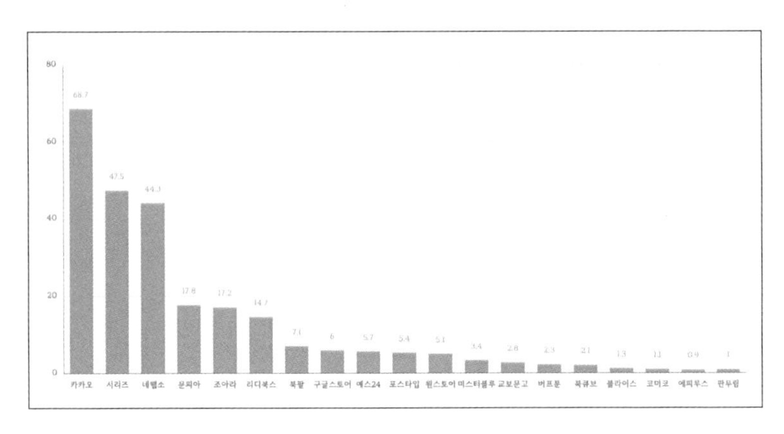

[웹소설 플랫폼 이용률 순위, 출처: 케이디앤리서치 2020년]

이용률이 가장 높은 3대 플랫폼은 카카오와 시리즈, 네이버 웹소설입니다. 위 플랫폼에서 출판사 컨택이 자주 오는 무료 연재 플랫폼은 문피아, 조아라, 네이버 웹소설, 카카오 스테이지이며 19금의 경우에는 로망띠끄와 북팔, 블라이스입니다.

무료 연재를 결심했다면 작품을 올릴 연재처를 선택해야 합니다. 남성향 플랫폼은 대표적으로 문피아와 노벨피아가 있고, 여성향 플랫폼은 조아라입니다. 네이버 웹소설 챌린지 리그 및 카카오 스테이지, 여성향 현대 로맨스나 19세 이상의 고수위는 로망띠크나 북팔, 블라이스, BL이라면 조아라와 베리토라는 플랫폼에서 연재할 수 있습니다.

	전 연령대	19금
남성향	문피아	노벨피아
로맨스 판타지	조아라, 네이버 웹소설	조아라, 북팔, 로망띠끄, 블라이스
로맨스	네이버 웹소설	북팔, 로망띠끄, 블라이스
BL	조아라	조아라

[각 장르별 무료 연재 추천 플랫폼]

이 책에서는 가장 대중화되어 있고, 독자들의 반응이 가장 많은 조아라 웹사이트를 기준으로 설명하도록 하겠습니다. (조아라에 업로드한 형식으로 다른 연재처에 똑같이 연재를 하면 됩니다.)

02
독자의 여정

각 요소를 독자의 흥미를 끌 수 있는 내용으로 채워야지만 선호작 등록으로 이어집니다. 독자들이 선호작 클릭을 누르는 순서는 아래와 같습니다.

무료 연재처에서 독자의 여정
작품 제목
↓
필명
↓
작품 소개
↓
1화

조아라는 어쩌면 작가만큼 노련한 독자들이 포진해 있는 곳입니다. 그들은 제목만 봐도 혹은 작품 소개만 봐도 이 작품이 뜰지 안

뜰지, 혹은 재미가 있을지 없을지 결정할 수 있는 분별력을 지녔습니다. 따라서 각 요소로 독자를 만족시키지 못하면 선호작 클릭까지 가지 않고 중간에서 이탈합니다.

위의 과정이 무사히 끝난 후에야 독자는 선호작을 클릭합니다. 독자의 여정이 4번까지 완료되지 않으면 선작은 늘어날 수 없습니다. 모든 부분이 중요합니다. 제목이 훌륭해도 작품 소개가 흥미를 끌지 못하면 독자들은 '뒤로 가기'를 클릭합니다. 작품 소개로 후킹에 성공하면 독자는 1화를 읽기 시작합니다. 결국, 독자가 작가에게 바라는 건 무엇일까요? 재밌는 글입니다. 독자의 마음을 휘어잡을 수 있는 건 작가의 글에 달려 있습니다.

모든 회차의 중요성이 100점이라면 1화의 중요성은 1,000점, 2화~3화는 900점, 4화~20화(투데이 베스트에 도전하는 회차 수)는 800점 정도입니다. 쓰고 보니 점수 편차가 너무 큰 것 같다는 느낌이지만 원고 중 여러분이 가장 공을 들여야 하는 회차가 1화입니다. 무료 연재처에서 출판사의 컨택을 받을 수 있는 1화~20화(최소), 추가 연재로 30화까지의 원고가 중요합니다. 무료 연재를 하지 않고 미공개 원고로 출판사 투고를 하는 경우, 장편은 최소 5만 자(10화) 이상의 원고를 준비해야 합니다.

여러분이 글을 쓰고 있다면 완결을 내기까지의 원고가 100점이라면 독자와 출판사를 처음 만나는 원고는 최소 200점 이상으로 모든 정성을 기울여야 합니다.

작품 여백

네이버 시리즈나 리디북스 유료 연재를 목표로 한다면 회차마다 한 줄 띄어쓰기를 할 필요는 없습니다. 다만, 해당 원고로 조아라에 무료 연재를 할 예정이라면 이용자 편의를 고려해 한 줄씩 공백이 있는 원고로 매화를 업로드 하는 걸 추천합니다.

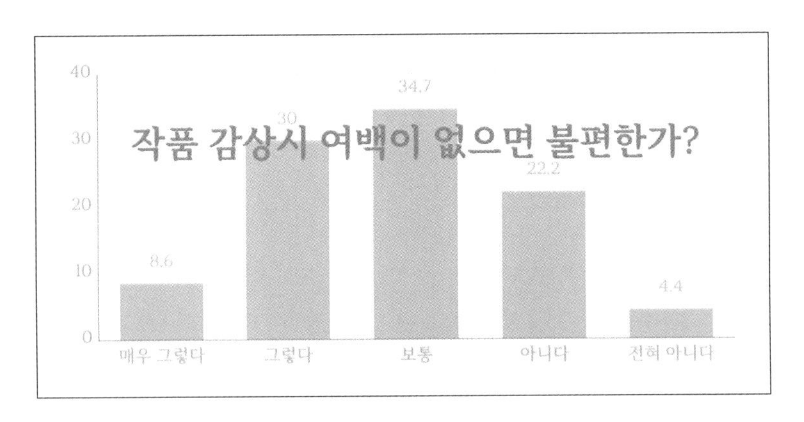

[출처: 케이디앤리서치 2020년]

한 줄 띄어쓰기를 해야 베스트 작품에 오르는 건 아닙니다. 단문보다 복문을 선호하는 독자들도 분명 존재하지만, 저는 조아라에서 무료 연재를 할 때 이용자들의 편의와 가독성을 위해 한 줄 띄어쓰기와 캐릭터의 속마음은 작은따옴표로 표시해 작품을 올렸습니다. 네이버 웹소설에 똑같은 작품을 올릴 때는 여백 작업을 하지 않은 원고 파일 그대로 올렸습니다.

이런 작업은 무료 연재를 진행 시 해당하며 반드시 해야 하는 건 아닙니다. 다만, 조아라 베스트에 올라오는 작품들이 여백을 두고 있기 때문에 글씨가 상대적으로 많은 작품을 보면 독자 피로도가 올라갑니다.

참고로 출판사 투고를 할 때는 위와 같은 작업은 필요 없습니다. 작업한 원고 그대로 제출하면 됩니다. 출판사로부터 컨택이 오더라도 원고 교정, 교열 과정을 거치고 플랫폼 심사 등을 통해 최종 런칭 플랫폼은 여러분이 1차로 고려한 플랫폼에서 달라질 수 있습니다.

_ □ ×

03
작품명 정하기

어쩌면 작품보다 더 중요한 제목

완벽하게 써 내려간 작품이 100점이라면 작품의 제목은 1,000점입니다. 독자와 출판사들이 가장 먼저 접하는 것이 바로 작품의 제목이기 때문입니다. 여러분은 작품 제목에 얼마나 공을 들이시나요?

무료 연재 및 출판사 투고에서 가장 중요한 것이 '제목'입니다. 미공개된 원고로 출판사 투고를 한 경우라면 담당자와 상의해 제목을 변경할 수 있습니다. 무료 연재를 할 때는 피드백해 줄 사람이 없다면 제목은 순전히 작가의 몫입니다. 작품을 클릭하게 만드는 힘의 8할은 제목에 달려 있습니다.

웹소설이라면 무조건 문장형 제목을 고려하자

	문장형 제목	비문장형 제목
장르	남성향, 여주판, 로판, BL 추천	현대 로맨스, BL 단행본 추천

웹소설은 문장형 제목으로 이루어져 있기 때문에 일부 독자들의 불만 요소로 언급되지만 문장형 제목이어야 하루에도 수백 편씩 올라오는 웹소설의 세계에서 독자의 눈에 띌 수 있습니다. 실제로 문학 작품과 같은 단어형 제목에서 문장형 제목으로 바꾸자 유입량이 2배~10배가량 늘어났다는 후기가 커뮤니티에 올라온 적도 있습니다.

여기에 예외는 있습니다. 웹소설이 아닌 이북으로 바로 출간되는 경우, 문장형 제목으로 짓는 경우가 거의 없습니다. 오히려 이북에서는 문장형 제목은 지향되고 단어로만 이루어진 제목이 선호되기 때문에 본인의 작품이 웹소설이 아닌 이북이라면 반드시 문장형 제목으로 지을 필요가 없습니다. 예외적으로 현대 로맨스의 경우에는 웹소설 연재라 하더라도 문장형 제목이 아닌 단어형 제목으로 지어야 합니다.

독자가 소설을 읽고 중도 하차하는 것도 작품의 제목을 클릭했다는 전제가 있습니다. 독자들이 클릭할 수밖에 없는 제목을 만들어야 합니다. 무료 연재에서 작가의 가장 큰 힘이 되는 건 사실 댓글입니다. 1명의 선플만으로도 힘을 내는 것이 작가인데 이걸 최초로 끌어낼 힘이 제목에 있습니다.

문장형 제목의 역사는 아주 오래됐다

대 웹소설 시대로 인해 문장형 제목이 시작된 것은 아닙니다. 이러한 유형의 제목은 예전부터 존재했는데요. 1719년에 발표한 장편 소설 <로빈슨 크루소>의 원제목은 **<조난을 당해 모든 선원이 사망하고 자신은 아메리카 대륙 오리노코강 가까운 무인도 해변에서 28년 동안 홀로 살다가 마침내 기적적으로 해적선에 구출된 요크 출신 뱃사람 로빈슨 크루소가 그려낸 자신의 생애와 기이하고도 놀라운 모험 이야기>**입니다.

한 문장으로 끝을 보겠다는 의지 때문인지 장장 3줄에 걸쳐 제목을 지었습니다. 이후, 해당 작품은 <로빈슨 크루소>로 널리 알려지게 됩니다.

대가 문인의 시작도 이러했을진대 우리도 이처럼 처절하지만, 의지가 묻어나는 제목을 만들어야 합니다. 그래야 수많은 작품의 홍

수 속에서도 독자의 눈에 띄어 선택받을 기회가 생깁니다.

작품 제목은 독자의 관심을 끌 만한 자극적인 것으로

웹소설은 제목-작품 소개-1화의 삼각 편대가 독자의 관심을 끌어내는 장치입니다. 무료 연재나 출판사 투고, 유료 플랫폼에 런칭이 되더라도 독자들이 작품을 가장 먼저 판단하는 요소는 제목입니다.

다만, 작가가 자극적인 제목을 만들기가 어려운 이유는 작품의 전지전능한 신이기 때문입니다. 작품에 숨겨져 있는 반전과 진짜 남주를 숨기고, 여주의 출생의 비밀 등 작가로서는 어떤 내용에 초점을 맞춰 제목으로 지어야 하는지 고민이 될 수밖에 없습니다.

여러분이 완결까지 읽은 웹소설을 떠올려 보면 작품 제목은 보통 작품의 기-승 혹은 기의 내용만 포괄하는 경우가 많습니다. 제목에 중의적 의미가 내포된 경우는 단행본일 경우고, **웹소설 제목은 주인공이 작품 내에서 최초로 가지게 된 목표나 사건의 결과를 보여주는 내용으로 지어지는 경우가 가장 많습니다.**

웹소설 VS 이북

웹소설로 연재되는 작품은 완결 후, 이북으로 출간되지만 BL 장르는 조아라에서 무료 연재를 했더라도 웹소설 작품이 아닌 이북으로 바로 출간되는 경우가 많습니다.

	웹소설 및 단행본 출간 방법
남성향	문피아에서 웹소설 무료 연재 후 유료 연재 런칭
로판 단행본	단편 분량으로 완결이 나는 경우, 웹소설 연재 없이 이북 출간
로판 웹소설	조아라, 네이버 웹소설 무료 연재 후, 출판사 컨택 및 투고로 유료 연재 → 완결 이후, 이북 출간
BL 단행본	조아라에서 완결 이후, 이북 출간
BL 웹소설	조아라에서 무료 연재 중 계약이 체결되면 무료 연재처에서 완결을 낸 이후, 이북으로 출간되는 경우가 많음. 무료 연재처에서 연재 중단이 되는 경우는 플랫폼에서 웹소설로 유료 런칭된다.

웹소설 유료 연재 이후, 이북으로 출간되는 경우에는 웹소설 연재 제목이 그대로 따라가기 때문에 문장형 제목이 많습니다. 하지만 로판이나 로맨스 단권 분량이나 조아라에서 완결을 내고 단행본으로 출간되는 BL의 경우에는 비문장형 제목이 많습니다.

	제목 특징
19금 단행본	내용을 직관적으로 알 수 있는 제목
전 연령대 단행본	작품 주제나 분위기를 드러내는 은유적인 제목

장르별 제목 유형

장르	제목 유형
현대 로맨스	본능을 자극하는 직관적 명사형 제목
로맨스 판타지	작품 속 여주의 입장을 대변하는문장형 제목
여주판	문장형 혹은 명사형 제목 모두 사용
BL 웹소설	문장형 제목
BL 단행본	추상적인 명사형 제목
남성향	주인공의 정체성 및 목표를 드러내는 문장형 제목

현대 로맨스의 경우, 욕망에 충실한 제목일수록 조회 수가 높습니다. 문장형 제목이면 유입률이 낮기 때문에 욕구를 직관적으로 자극하는 명사형 제목이 좋습니다. 메이저 소재가 포함됐다면 해당 소재를 제목에 넣어주면 독자 유입이 많아집니다.

① 원초적 호기심을 불러일으키는 단어를 선택하자.
② 메이저 소재라면 해당 소재를 활용해 제목을 짓자. 예를 들어 비서물이라면 '~ 비서' 등으로 해당 소재를 수식하는 표현과 소재로 제목을 지어야 합니다. 참고로 메이저 키워드는 구상해 둔 제목을 반드시 플랫폼에 검색해 보는 걸 추천합니다. 이미 기출간된 작품일 경우가 높습니다.
③ 남주와 여주의 직업을 드러내자.
예) 남자 주인공이 연예인이라면 제목에 비유적으로 '달'이나 '별'로 표현되는 경우가 많습니다.
④ 남주와 여주의 관계나 소재를 드러내는 직관적인 제목으로 만들자.
⑤ 결혼과 관련된 소재라면 둘의 관계를 단번에 알 수 있는 내용으로 짓자.
예) 전 남편의, 이혼, 파혼, 결혼 등

회빙환 요소가 포함된 경우에는 회빙환 코드를 제목에 포함시켜야 합니다.

① 원작 작품(책, 게임 등)에 빙의한 경우라면 원작에 대한 주인공의 느낌을 표현하자. (키워드: 원작 남주, 흑막, 악역, 서브남, 빙의, 환생, 회귀. 남주들, 천마, 악역, 시한부, 엑스트라, 딸, 손녀딸, 주인공, 최애, 이번 생, N번)

② 남성향과 여주판의 경우에는 주인공이 새로 얻게 된 힘을 강조하자.

③ 육아물의 경우, 가족 내에서 주인공이 받는 평가를 나타내자. 사랑받는~, 미움받는~, 아기

④ 무협의 경우 주인공의 신분과 문파를 활용한 제목을 만들자. 회빙환 코드가 있거나 전생에 주인공이 달성했던 무공의 경지를 활용해도 좋다.

회빙환 요소가 없는 경우에는 작중 인물이 겪는 상황 중 가장 극단적으로 표현할 수 있는 내용을 제목으로 가져오는 경우가 많아졌습니다. 플랫폼에 런칭하는 작품의 수가 절대적으로 많아졌기 때문에 조금이라도 차별화를 주기 위한 결과인데요. 특히, 전 연령대 작품의 경우에는 민감한 단어를 사용해 제목을 지으면 독자 반응이 부정적입니다. 따라서 범죄나 민감 소재는 사용하지 않는 것이 좋습니다.

<table>
<tr><th>소재</th><th colspan="3">다중 인격</th></tr>
<tr><td>소재</td><td colspan="3">여러 개의 인격을 지닌 여주. A라는 인격일 때, 남편과 이혼을 했다.
하지만 B라는 인격은 남편을 여전히 사랑해
그와 사랑을 나누다 아이가 생겼다.</td></tr>
<tr><td>분류</td><td>호기심을 끄는 제목 1</td><td>호기심을 끄는 제목 2</td><td>어그로를 끈 제목</td></tr>
<tr><td>예시</td><td>누군가 내 남편과
이혼했다</td><td>나도 모르게 전 남편의
아이를 가졌다</td><td>내가 버린 전 남편과
바람이 났다</td></tr>
</table>

위의 제목 모두 독자들에게 인지점 부담을 주는 내용이 포함되어 있는데요. 내 남편인데 다른 '누군가가 이혼을 했다'는 내용이나 전남편과 '아이'를 갖거나 '바람'을 피는 것은 상식적으로 이해할 수 없는 행동입니다. 독자는 제목을 보자마자 누군가 이 상황에 대한 설명을 해주길 원합니다.

사람마다 기준이 다르겠지만 남주와 여주의 사랑의 결과가 바람이 났다고 표현한 것보다 아이를 가졌다는 표현이 두 남녀를 긍정적인 측면에서 바라보았다고 생각하는데요. 독자의 호기심을 끌되 주인공의 긍정적인 부분에 초점을 맞춘 제목이 좋습니다.

독자의 호기심을 일으키는 제목 짓는 법
1. 독자에게 인지적 부담을 안겨라. 제목을 보고 약간 불편하다는 감정이 들게 하라. 2. 반전을 제공하라

설명	대상
입시에 실패한 미대생이 힘을 안 숨김	히틀러
옆집에 최연소 황제로 즉위한 흑발 남주가 산다	김정은

낯설게 하기 기법을 활용해 대상이나 소재의 부정적인 측면이나 긍정적인 측면을 이끌어 보는 연습을 꾸준히 해 봅시다.

04
조아라에 작품 올리기

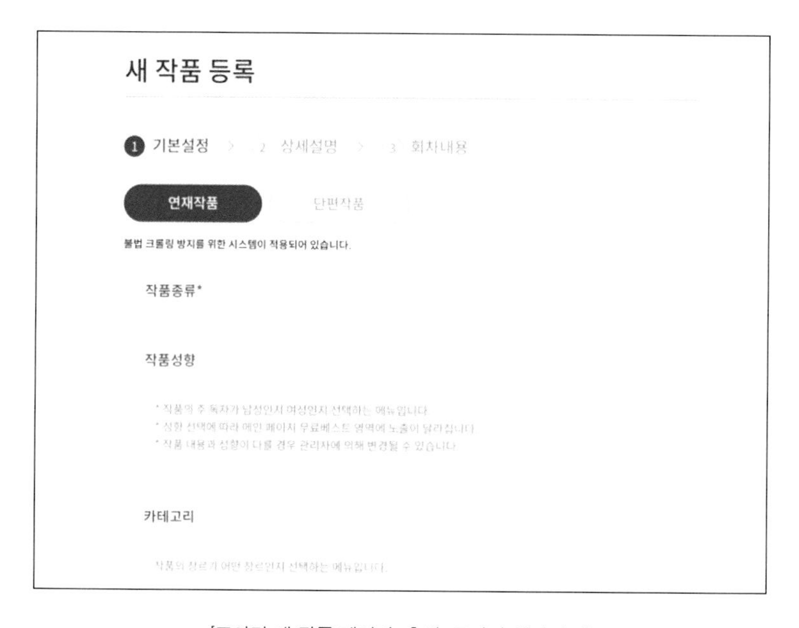

[조아라 새 작품 페이지, 출처: 조아라 웹사이트]

① 웹소설 연재는 기본적으로 장편이기 때문에 단편 작품이 아닌 연재 작품으로 설정합니다.

② 카테고리와 세부 카테고리를 설정합니다.

③ 코멘트(댓글), 평가, 서평 허용 중 무분별한 비난이 남겨질 경

우, 비허용으로 전환할 수 있습니다. 다만, 첫 연재를 시작할 때는 허용으로 해놓고, 독자들의 다양한 의견을 확인하는 것이 좋습니다.

작품 종류 선택

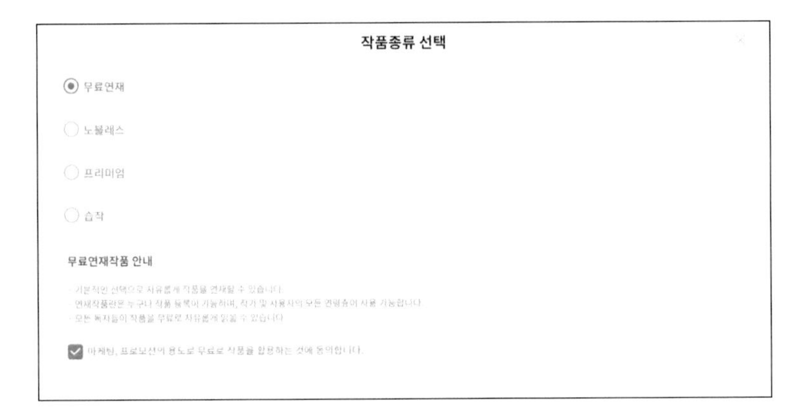

① 작품 종류는 기본적으로 **무료 연재**를 선택합니다. 무료 연재의 경우에는 작가가 언제든지 습작(연재 중지)이나 연재 재개를 할 수 있는 옵션입니다.

② 19금 내용이 포함되는 경우에는 기본적으로 무료 연재가 불가능합니다. 독자 신고로 해당 작품이 강제로 습작 처리될 수 있습니다.

③ 노블레스: 19금 연재를 할 수 있는 탭으로 작가 설정에 따라 5/10/15편이 무료로 제공됩니다. 이후에는 이용권을 구매해야 작품을 읽을 수 있습니다. 연재 주기가 자유롭다는 특징이 있습니다.

④ 노블레스로 작품을 연재할 경우, 작품 중단 시 플랫폼에 1:1 문의를 남겨 승인을 받아야지만 연재 중지가 가능합니다. 무료 연재의 경우에는 작가가 언제든지 연재 중지(습작 처리)가 가능합니다.

⑤ 로판이나 BL의 경우, 전 연령가나 15세 기준으로 작품을 연재하기 때문에 무료 연재로 진행하면 됩니다. 19금 작품이면 19금 내용이 등장하는 회차에만 노블레스 탭에 무료 회차 분으로 올리거나 19금 플랫폼에 무료 연재를 하거나 미공개 원고를 출판사에 투고해 작품 런칭을 할 수 있습니다.

⑥ 프리미엄: 조아라 플랫폼과 계약을 체결한 유료 작품 탭입니다. 지정된 연재 주기가 존재하며 모든 작품은 완결을 전제로 계약됩니다. 딱지로 편당 결제하는 시스템입니다.

새 작품 등록

새 작품 등록
다음 >
1 기본설정 > 2 상세설명 > 3 회차내용
연재작품
단편작품
불법 크롤링 방지를 위한 시스템이 적용되어 있습니다.
작품종류*
선택하세요 >
작품성향
선택안함
카테고리
판타지
세부 카테고리
선택안함
코멘트 여부
허용 비허용
평가 여부
허용 비허용
서평 허용여부
허용 비허용
다음 >

님의 서재입니다.
현재 연재 중인 작품이 없습니다.
문피아에서는 누구나 작가가 될 수 있습니다.
독자에서 작가로서의 첫걸음을 문피아에서 시작해 보세요.
새 작품 등록하기
로그아웃

작품명, 작품소개, 키워드, 표지 이미지와 1회차 원고 이렇게 5가지 요소를 모두 입력해야 조아라에 작품이 업로드됩니다.

05
문피아 업로드

문피아에 회원 가입을 하고 내 서재를 클릭하면 새 작품 등록하기가 보입니다. 이 버튼을 누르면 바로 연재를 시작할 수 있습니다.

06
작품 소개 작성하기

새 작품 내 작품목록 작품순서 변경 제3자제공 이벤트참여

작품 등록 안내 작품 등록 안내문 전체 보기 ∨

[필수] 작품 등록 안내를 모두 읽었으며 내용에 동의합니다.

작품명 작품명을 입력하세요

구분 / 주·부장르 웹소설 무협 선택 안 함 주장르와 부장르는 서로 달라야 합니다.

소개글 (최대 800자) 독자들이 작품에 관심과 흥미를 가질 수 있도록, 작품의 소개글을 100자 이상으로 풍부하게 작성하주시기를 제안드립니다. (최대 800자까지 작성 가능)

작품 태그 (선택사항)
※ 태그를 등록해주세요. 향후 관심태그 메뉴를 통해 작품 추천에 활용됩니다.
※ 작품 태그는 최대 10개까지 선택 가능합니다.

등록된 태그 0 / 10

선택된 태그가 없습니다

태그를 검색해 보세요

장르 18

#BL #SF #게임 #공포_미스터리 #대체역사 #동양판타지 #드라마 #라이트노벨 #로맨스 #로맨스판타지 #무협 #서양판타지 #스포츠 #전쟁_밀리터리 #추리 #판타지 #퓨전 #현대판타지

작품 소개를 들어가기 전, 여러분에게 질문을 하나 해보도록 하

겠습니다. 여러분이 작품 또는 소설을 읽는 기준은 무엇인가요? 웹소설도 상관없고 고전 문학 작품이라도 상관없습니다. 작품을 읽게 되는 이유와 읽기 전 작품에 대한 사전 정보를 어느 정도까지 찾아보시나요?

	사전 질문
STEP 1)	작품을 읽는 동기는 무엇인가요?
STEP 2)	글을 읽기 전, 작품에 대한 정보를 어디까지 찾아보나요?

위 질문에 각자 답변을 하셨을 텐데요. 여러분들이 스스로 작품을 선택하는 비중이 높으신가요? 저의 독서 습관을 되돌아보면 대부분 추천받아서 읽은 경우가 많습니다. 고전 작품은 오래도록 전 세계적으로 칭송받는 작품이기 때문에 읽기 시작했으며 웹소설의 경우에도 플랫폼에서 푸쉬 알람으로 광고가 뜨거나 메인 화면에 배너가 걸린 작품을 우선으로 살펴봅니다. 그것도 아니라면 좋아하는 작가나 좋아하는 키워드를 선택해서 봅니다.

이건 유료 연재 작품뿐만 아니라 무료 연재 작품에도 비슷하게 적용됩니다. 랭킹에 올라온 작품 중 선작, 추천, 댓글이 높은 작품을 확인하고 제목을 본 다음 작품 소개를 확인합니다. 그리고 나서 1화를 읽기 시작합니다. 여러분은 어떤가요?

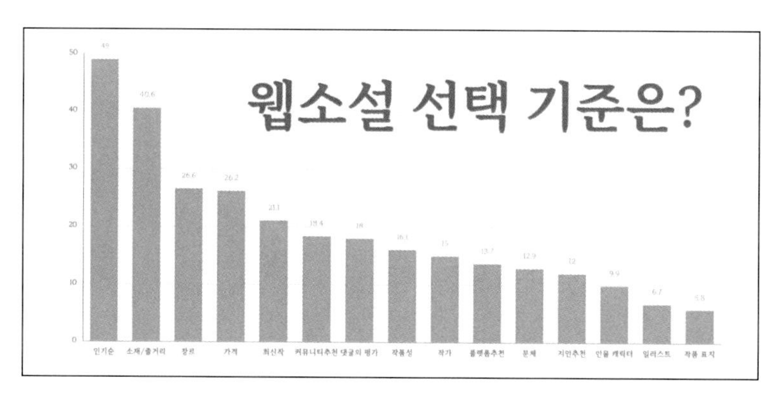

[출처: 케이디앤리서치. 2020년]

이 과정은 위에서 언급했던 독자의 여정과 비슷합니다. 여러분이 투데이 베스트에 도전했고, 랭킹에 올랐다면 예비 독자의 눈에 띌 확률이 기하급수적으로 늘어났다는 의미입니다. 네이버의 경우, 오늘의 웹소설에서 챌린지 리그 랭킹에 올랐다는 의미와 비슷합니다. 독자는 제목을 보고 여러분 작품에 대한 키워드와 줄거리를 상상합니다. 이후, 자신이 기대한 내용을 작품이 충족하는지 확인합니다. 그 내용이 바로 작품 소개글 파트입니다.

농구장 안에 고릴라 세워두기

1999년 미국의 심리학자 대니얼 사이먼스와 크리스토퍼 차브리스가 한 유명한 실험이 있습니다. 바로 '보이지 않는 고릴라'라는 실험인데요. 참가자들에게 선수들이 공을 몇 번 패스하는지 세어보라는 지시를 합니다. 실험 참가자들은 75초짜리 경기 영상을 열심히 시청하며 패스 횟수를 셉니다. 영상이 끝나고 나서 실험자들은 다음 질문을 받습니다.

"혹시 고릴라는 보셨나요?"

뜬금없이 고릴라라니. 참가자들은 어리둥절하며 고릴라는 전혀 보지 못했다고 말합니다. 그런데 영상 중반에 고릴라 탈을 쓴 학생이 화면 정중앙에 등장해 가슴을 두 손으로 퍽퍽 치고 할 일을 다 했다는 듯 무대를 빠져나갑니다. 그런데 참가자 중 누구도 고릴라가 등장했다는 사실을 알아차리지 못했습니다. (유튜브에 '보이지 않는 고릴라'를 검색하면 해당 영상을 확인할 수 있습니다.)

집중한 것만 보는 '선택적 주의'

뇌의 특징 중 하나로 우리 인간은 생존을 위해 주위의 모든 감각을 매초 민감하게 받아들이기보다 습관적으로 행동하고 익숙한 것에는 주의를 기울이지 않습니다. 가장 대표적인 사례가 출근을 하러 지하철에 도착했는데 가스 밸브나 문을 제대로 잠그고 왔는지 기억이 나지 않는 상황입니다. 분명 행동을 했음에도 기억에 남아있지 않은 이유는 뇌가 생존을 위해 선택적으로 외부 자극을 받아들이기 때문입니다.

독자는 제목을 보고 작품에 관심을 두게 되고, 작품 소개를 읽으며 머릿속으로 작품에 대한 자신만의 지도를 그립니다. 제목-작품소개-1화의 삼각 편대에서 **작품 소개는 독자의 머릿속에 작품 스토리에 대한 선택적 주의를 제공해 독자에게 작품의 목적지를 제공합니다.**

> "여기서 어느 길로 가야 하는지 좀 가르쳐 줄래?"
> "그건 네가 어디로 가고 싶은가에 달렸지."
> "난 어디건 별로 상관없는데."
> "그럼 아무 데로 가도 상관없잖아!"
>
> -『이상한 나라의 앨리스』 루이스 캐럴

작품 소개의 기본 뼈대

이 작품의 주인공(여주와 남주)은 누구이며
작품이 시작할 때 주인공의 목표와 관계는 이것인데
이 목표와 관계가 앞으로 이런 방향으로 바뀝니다.

작품 소개가 독자의 흥미를 일으키지 못하고, 제대로 된 이정표를 제시하지 못하면 독자는 작품을 읽지 않습니다. 독자는 작가가 운행하는 비행기에 탑승한 승객입니다. 그런데 목적지를 알려주지 않고 비행기에 올라타라고 하면 대다수 사람들은 비행기에 올라타지 않을 겁니다. 아주 유명한 기장이 아니고서야 말입니다. **작가는 비기 탑승을 고민하는 독자에게 아주 재밌는 곳을 갈 거라며 그 곳이 어디인지 알려줄 의무가 있습니다.** 그게 바로 작품 소개글의 역할입니다.

작품의 키워드가 본인이 선호하는 소재와 줄거리일 경우(작품 제목과 소개글) 무의식중에(인지적 편안함에 이끌려) 해당 작품을 클릭합니다. 키워드를 보고 흥미가 가지 않아 이탈하는 독자들도 발생합니다. 그렇기에 작품의 대표 키워드를 선택할 때는 최대한 메이저 키워드를 선택해 예상 독자풀을 넓혀야 합니다.

	웹소설 선택 기준	무료 연재 사이트
1위	플랫폼 내 인기순	베스트 순위
2위	소재/줄거리	제목과 작품 소개글
3위	장르	장르

초반부에 설명했듯이 각 플랫폼에서 선택할 수 있는 키워드는 절

대 마이너한 키워드가 아닙니다. 대중이 선호하는 키워드가 있지만 그만큼 해당 키워드와 관련된 작품은 대표작도 많고 런칭되는 작품도 많습니다. 작품과 관련된 키워드는 모두 뽑아보는 것이 좋으며 그중 대중픽에 초점을 맞춰 작품 소개글을 작성해야 합니다.

작품 소개의 기본 구조

	작품 소개 구성
처음	주인공의 현재 상태
중간	'기'의 핵심 사건
끝	승 이후의 작품 전개

작품 소개는 남성향과 여성향이 큰 차이를 보이는데요. 바로 길이의 차이입니다. 남성향 작품은 작품 소개가 1줄인 경우도 많습니다.

작품 소개글 예시 : F급 헌터, 시스템 오류로 S급 헌터로 회귀했다.

하지만 1줄도 철저히 작품 소개글이 가져야 할 구조를 따라가고 있습니다. 위의 소개글을 분석해 보면 아래와 같습니다.

작품 소개	내용
처음	주인공은 F급 헌터다
중간	시스템 오류가 발생해 회귀했다
끝	S급 헌터가 된 주인공은 엄청난 활약을 펼칠 것이다

아무리 짧은 작품 소개글이라 하더라도 기본 구조는 위와 같습니다. 남성향과 여주판의 경우에는 주인공이 1명이기 때문에 주인공을 중심으로 작품의 기와 승을 요약해 작성하면 됩니다. 반면, 여성향 로맨스의 경우에는 이보다 복잡합니다. 그 이유는 주인공이 1명이 아니라 기본적으로 남주와 여주 2명이기 때문에 이에 대한 설명으로 길어질 수밖에 없습니다.

여성향 로맨스는 주인공이 2명 이상

여성향 로맨스의 경우, 남주와 여주의 관계성(소재)과 여주와 남주의 키워드가 작품의 매력도에 큰 영향을 미칩니다. 따라서 작품 소개에는 작품 시작점에서의 남주와 여주, 이 둘의 관계성과 둘의 관계성이 변화할 수밖에 없는 사건, 그리고 사건 이후 변화한 둘의 관계성을 작품 소개에 녹아내려야 합니다.

'계약 관계, 권력남의 순정, 상처녀, 소유욕/집착, 후회남'의 키워드의 작품을 집필한다고 가정해 본다면 아래와 같은 구조를 지니게 됩니다.

작품 소개	내용
처음	여주 키워드: 순정녀, 상처녀 남주 키워드; 오만남, 철벽남, 까칠남 둘의 관계성: 혐오 관계
중간 (첫 사건)	서로의 이익을 위해 계약을 맺음 (계약 관계)
끝	사건 이후, 둘의 관계는 어떻게 변화했나? 여주 키워드: 순정녀, 상처녀 남주 키워드: 권력남의 순정, 후회남 둘의 관계성: 소유욕/집착

여주와 남주, 둘의 관계성(소재) 키워드를 가장 효과적으로 보여줄 수 있는 방법은 무엇일까요? **바로 둘의 대화입니다.** 따라서 작품 소개의 처음과 끝부분에는 둘 사이의 대화를 넣어줘야 합니다. 서로를 혐오하던 남주와 여주가 어떻게 서로를 사랑하는 관계로 변화하게 됐는지 독자들이 궁금한 부분은 바로 이 부분입니다. 둘

사이의 변화된 관계와 과정입니다.

작품 소개	독자에게 보여줄 것
처음	주인공의 시작점
중간	첫 사건
끝	주인공의 첫 번째 전환점(남주와 여주의 관계 전환점)

작품 소개에서 독자들에게 알려주는 내용은 작품 전체의 기-승-전-결의 내용이 아니라 '기-승'까지의 내용입니다. 작가의 관점에서 소개글을 쓰기 어려운 이유가 위에서도 언급했듯이 **어디까지 독자에게 알려줘야 할지 확신이 서지 않기 때문인데요.** 남주와 여주 둘 사이에 숨겨진 반전이 있다면 그 내용을 숨기지 말고 보여주는 것이 좋습니다. 웹소설에서 주인공(남주와 여주)의 반전은 독자에게 모두 미리 제공해야 합니다.

이후 작품의 반전은 주인공보다는 주변 인물이나 세계관에 심어 놓는 것이 좋습니다. 상업작을 살펴보면 주인공의 비밀이나 반전은 작품 초반에 독자들에게 제공된 상태로 시작합니다. 따라서 작품 내 주인공과 관련된 반전을 제공하고 싶다면 2번 이상 비틀어 놓는 것이 좋습니다. 첫 번째 반전은 초반에 무조건 제공해 줘야(클리셰 비틀기 내용/인지적 부담감) 독자를 후킹할 수 있습니다. 두 번째 반전부터 작품 내 복선으로 깔아두고 독자에게 놀라움을 선사해 주세요.

작품 소개글 쓰는 두 가지 방법

(1) 전통적인 작품 소개글

작품 소개글을 쓰는 트렌드도 조금씩 변화하고 있는데요. 전통적인 강세를 보이는 건 유료 연재 플랫폼에 올라오는 작품 소개글 템플릿입니다. 여성향 로맨스의 경우에는 처음-중간-끝의 구조로 남성향 작품보다 비교적 길게 채워집니다.

우리가 공략할 곳은 무료 연재 플랫폼입니다. 여성향 로맨스는 처음-중간-끝의 구조를 취하되 최근에는 맨 첫째 줄에 작품 키워드를 삽입하는 아래의 방식이 많이 보입니다.

(2) 맨 윗줄에 해시태그 키워드 삽입

두 번째는 본문을 전통적인 작품 소개글로 채우되 맨 윗줄을 해시태그 키워드로 삽입하는 방법입니다. 최근 트렌드가 첫째 줄에 해시태그로 키워드를 삽입하는 방법인데요. 넣는 이유는 아래 그림에서 확인할 수 있듯이 독자들에게 작품이 노출될 때, 작품 소개 본문은 최대 공포 66자만 노출되어 보이기 때문입니다. **따라서 핵심 키워드를 첫 줄에 삽입해 독자들을 후킹하는 방법입니다.**

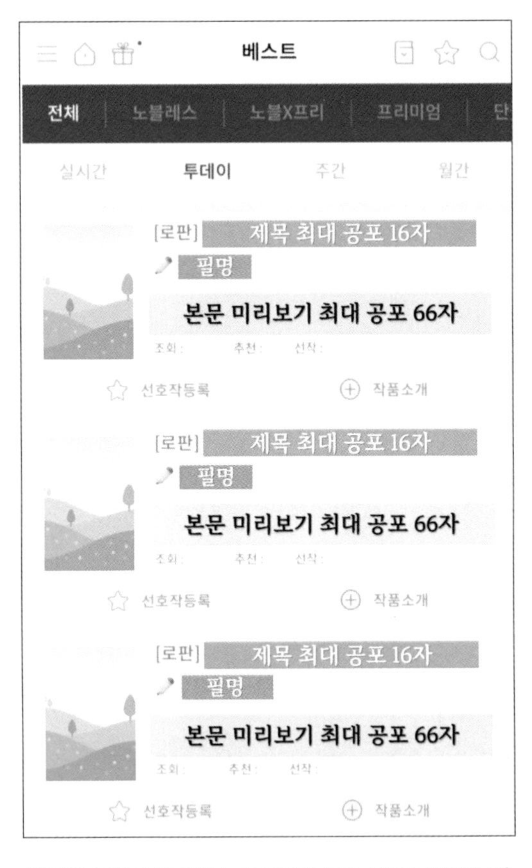

[조아라 모바일 앱 작품 노출 페이지 출처: 조아라 모바일 앱]

과거에는 해시태그를 단 키워드는 작품 소개글 맨 끝에 삽입했는데요. 대부분의 무료 플랫폼에는 키워드를 선택할 수 있는 탭이 따로 있어 본문에 삽입할 경우, 중복되는 내용입니다만, 이에 대한 불이익은 없습니다. 본문에 삽입하는 해시태그 키워드는 독자들이 작품에 대한 이해를 돕는 용도이고, 키워드를 직접 선택하는 부분은 검색용이기 때문에 작품 키워드는 본문에도 적어두는 것이 좋습니다.

키워드와 소재별 작품 소개글 작성법

	#여성향 #로맨스 #원앤온리 #회빙환있음
01 작품 키워드 알려주기	작품을 대표할 수 있는 키워드 5개 추출 (첫 줄에 키워드를 삽입하는 건 무료 연재 사이트의 최신 트렌드이기 때문에 필수 요소는 아닙니다.)
02 주인공의 현재 상태 회빙환 여부 남주와 여주 키워드 첫 만남 원작 캐릭터 운명 알려주기	사건이 일어나기 전 주인공의 현재 상태 알려주기 1. 회빙환이 포함된 작품이라면 주인공 코드 알려주기 ex) 원작에서 악역/엑스트라/조연/여주의 동생에 빙의한/악역 가문에 환생한 2. 원작에서 남주 또는 여주가 회빙환한 캐릭터의 운명 알려주기 ex) 끔살당할, 파혼당할, 언급도 없는, 흑화하는, 억울하게 죽임을 당하는 3. 남주와 여주의 직업(소재)나 현재 상황 알려주기 ex) 황족, 왕족, 귀족, 사생아, 고아, 기사, 성녀, 시녀, 하녀 등 4. 여주와 남주의 최초 관계성 알려주기 ex) 혐오하는, 짝사랑하는, 첫사랑이었던, 하룻밤을 보낸, 소꿉친구였던, 라이벌이었던 혹은 등장인물의 대사로 둘의 관계성 보여주기
03 여주와 남주의 관계 혹은 주인공의 목표가 변하는 첫 번째 사건	작품의 '기-승'에서 발생하는 첫 번째 사건 1. 회빙환한 세계에서 여주가 살아남기 위해 선택한 생존 방법 알려주기 (여주인공의 최초 목표) ex) 도주 자금을 모아, 파혼하기로, 흑화할 악역의 친구가 되거나, 여주인공의 최애가 되거나, 가업/사업을 하기로 결심했다. 2. 남주가 여주에게 관심을 갖게 되는 계기 알려주기

04 사건 이후 변화한 남주와 여주의 관계 보여주기	첫 번째 사건의 결과 알려주기 1. 여주의 최초 목표의 진행 과정 알려주기 ex) 무사히 탈출에 성공, 약혼자로부터 버림받고, 악역의 놀이 친구가 되었다, 여주인공의 마음을 얻거나, 가업/사업을 위한 밑천을 마련했다. ★ ~성공했다. 그런데 2. 여주의 최초 목표가 외부에 의해(남주에 의해) 변곡점을 겪는 포인트 알려주기 3. 여주를 향한 남주의 감정 보여주기 4. 남주와 여주의 관계나 키워드(후회남/집착남 등)를 알 수 있는 대사 반드시 넣기 5. 남주의 행동에 대한 여주의 감상을 마지막 문장으로 넣기

	#여성향 #로맨스 #원앤온리 #회빙환없음
01 작품 키워드 알려주기	작품을 대표할 수 있는 키워드 5개 추출 (첫 줄에 키워드를 삽입하는 건 무료 연재 사이트의 최신 트렌드이기 때문에 필수 요소는 아닙니다.)
02 주인공의 현재 상태 회빙환 여부 남주와 여주 키워드 첫 만남 원작 캐릭터 운명 알려주기	사건이 일어나기 전 주인공의 현재 상태 알려주기 1. 남주와 여주의 직업(소재)이나 혀재 상황 알려주기 ex) 황족, 왕족, 귀족, 사생아, 고아, 기사, 성녀, 하녀, 재벌, 연예인, 비서, 매니저, 회사원, 팀장님, 본부장, 남편, 전남편, 약혼자, 남친, 전남친 등 2. 여주와 남주의 최초 관계성 알려주기 ex) 하룻밤을 보낸, 결혼한 남편, 정략 결혼 상대인 등 3. 혹은 여주가 남주를 향한 대사로 첫 문장이 시작되는 경우도 있다. 이때, 여주가 남주에게 느끼는 감정(짝사랑, 혐오, 분노, 피로 등)이 나타나는 대사로 표현하자.

03 여주와 남주의 관계 혹은 주인공의 목표가 변하는 첫 번째 사건	작품의 '기-승'에서 발생하는 첫 번째 사건 1. 남주와 여주의 최초 관계성에 대한 여주의 감정이 변화하는 사건을 알려주자 ex) 의무뿐인 이 결혼, 1년만 유지하기로 했던, 원나잇 상대가 새로 부임한 본부장인/부하 직원으로 온, 이혼을 강요받은 등
04 사건 이후 변화한 남주와 여주의 관계 보여주기	첫 번째 사건의 결과 알려주기 1. 여주의 최초 목표 진행 과정 알려주기 2. 여주의 최초 목표가 외부에 의해(남주에 의해) 변곡점을 겪는 포인트 알려주기 3. 여주를 향한 남주의 변화된 감정 알려주기 4. 남주와 여주의 관계나 키워드(후회남/집착남 등)를 알 수 있는 대사 반드시 넣어주기 5, 남주의 행동에 대한 여주의 감상을 마지막 문장으로 넣기

	#상태창 #성좌물 #레이드물 #게임물
01 작품 키워드 알려주기	작품을 대표할 수 있는 키워드 5개 추출 (첫 줄에 키워드를 삽입하는 건 무료 연재 사이트의 최신 트렌드이기 때문에 필수 요소는 아닙니다.)
02 주인공의 현재 상태 회빙환 여부 등장인물 키워드 첫 만남 원작에서 여주 캐릭터 운명 알려주기	상태창/성좌물/레이드물/게임물임을 알려주기 ex) [빛의 살인자가 당신에게 호감을 느낍니다] [다음 지문 중 하나를 선택하세요. 1. 꺼져 2. 전 주인님을 위해 태어났어요 3.나랑 사귀자 5초 내로 선택하지 않으면 시스템이 임의로 지문을 선택합니다]

	사건이 일어나기 전 주인공의 현재 상태 알려주기 1. 회빙환이 포함된 작품이라면 주인공 코드 알려주기 ex) 원작에서 악역/엑스트라/조연/여주의 동생에 빙의한/악역 가문에 환생한 2. 원작에서 남주 또는 여주가 회빙환한 캐릭터의 운명 알려주기 ex) 끔살당할, 파혼당할, 언급도 없는, 흑화하는, 억울하게 죽임을 당하는 3. 남주와 여주의 직업(소재)나 현재 상황 알려주기 ex) 황족, 왕족, 귀족, 사생아, 고아, 기사, 성녀, 시녀, 등 4. 여주와 남주들/가족들과의 최초 관계성 알려주기
03 여주의 목표나 남주들/가족들과의 관계가 변화하는 첫 번째 사건	작품의 '기-승'에서 발생하는 첫 번째 사건 1. 회빙환한 세계에서 여주가 살아남기 위해 선택한 생존 방법 알려주기 (여주인공의 최초 목표) 2. 남주들/가족들이 여주에게 관심을 갖게 되는 최초의 사건 알려주기
04 사건 이후 변화한 여주와 주변인물 관계 보여주기	첫 번째 사건의 결과 알려주기 1. 여주의 최초 목표의 진행 과정 알려주기 2. 여주의 최초 목표가 외부에 의해 변곡점을 겪는 포인트 알려주기 ★ ~하는 줄 알았는데 3. 여주를 향한 주변 인물의 변화된 감정 알려주기 4. 남주 후보들/가족 구성원들이 여주에게 하는 의미심장한 대사 넣어주기→독자들이 후킹되는 포인트이기 때문에 관계성을 극적으로 보여주는 대사 ex) 날 떠나서 살 수 있으리라 생각했나 5. 남주들/가족들의 행동에 대한 여주의 감상 마지막 대사로 넣기

	#육아물 #역하렘 #가족물 #남주후보찾기
01 작품 키워드 알려주기	작품을 대표할 수 있는 키워드 5개 추출 (첫 줄에 키워드를 삽입하는 건 무료 연재 사이트의 최신 트렌드이기 때문에 필수 요소는 아닙니다.)
02 주인공의 현재 상태 회빙환 여부 남주후보 키워드 첫 만남 원작에서 여주 캐릭터 운명 알려주기	사건이 일어나기 전 주인공의 현재 상태 알려주기 1. 회빙환이 포함된 작품이라면 주인공 코드 알려주기 ex) 원작에서 악역/엑스트라/조연/여주의 동생에 빙의한/악역 가문에 환생한 2. 원작에서 남주 또는 여주가 회빙환한 캐릭터의 운명 알려주기 ex) 끔살당할, 파혼당할, 언급도 없는, 흑화하는, 억울하게 죽임을 당하는 3. 남주와 여주의 직업(소재)나 현재 상황 알려주기 ex) 황족, 왕족, 귀족, 사생아, 고아, 기사, 성녀, 시녀, 등 4. 여주와 남주들/가족들과의 최초 관계성 알려주기 ex) 날 방치하는 아버지와, 날 혐오하는 친오빠와 날 죽이려는 전쟁귀 공작과, 나와 라이벌 관계였던 성기사 단장과 등 혹은 등장인물의 대사로 관계성 보여주기
03 여주의 목표나 남주들/가족들과의 관계가 변화하는 첫 번째 사건	작품의 '기-승'에서 발생하는 첫 번째 사건 1. 회빙환한 세계에서 여주가 살아남기 위해 선택한 생존 방법 알려주기 (여주인공의 최초 목표) 2. 남주들/가족들이 여주에게 관심을 갖게 되는 최초의 사건 알려주기
04 사건 이후 변화한 여주와 주변인물 관계 보여주기	첫 번째 사건의 결과 알려주기 1. 여주의 최초 목표의 진행 과정 알려주기 2. 여주의 최초 목표가 외부에 의해 변곡점을 겪는 포인트 알려주기 ★ ~하는 줄 알았는데

	3. 여주를 향한 주변 인물의 변화된 감정 알려주기 4. 남주 후보들/가족 구성원들이 여주에게 하는 의미심장한 대사 넣어주기→독자들이 후킹되는 포인트이기 때문에 관계성을 극적으로 보여주는 대사 ex) 날 떠나서 살 수 있으리라 생각했나 5. 남주들/가족들의 행동에 대한 여주의 감상 마지막 대사로 넣기

	#남성향 #여주판
01 작품 키워드 알려주기	작품을 대표할 수 있는 키워드 5개 추출 (첫 줄에 키워드를 삽입하는 건 무료 연재 사이트의 최신 트렌드이기 때문에 필수 요소는 아닙니다.)
02 주인공의 현재 상태 회빙환 여부 주인공 키워드 첫 만남 원작 캐릭터 운명 알려주기	상태창/성좌물/레이드물/게임물임을 알려주기 ex) [빛의 살인자가 당신에게 호감을 느낍니다] [다음 지문 중 하나를 선택하세요. 1. 꺼져 2. 전 주인님을 위해 태어났어요 3.나랑 사귀자 5초 내로 선택하지 않으면 시스템이 임의로 지문을 선택합니다] 사건이 일어나기 전 주인공의 현재 상태 알려주기 1. 회빙환이 포함된 작품이라면 가장 먼저 주인공이 회빙환 중 어떤 장치로 이 세계에 왔는지 밝혀주기 2. 원작에서 주인공이 회빙환한 캐릭터의 운명 알려주기 3. 주인공의 직업(소재)이나 현재 상황 알려주기
03 주인공이 회빙환 이후 변화된 현재	작품의 '기-승'에서 발생하는 첫 번째 사건 1. 주인공이 변화된 내용 알려주기 ex) 상태창이 보인다, SSS급으로 환생했다, 원수에게 억울한 죽음을 당하고 10년 전으로 회귀했다 등

04 주인공의 목표 알려주기	앞으로 주인공이 나아갈 방향/목표 알려주기

피해야 할 점

작품 소개글과 1화의 내용이 최대한 겹치지 않도록 올립니다. 작품 소개글은 위에서도 말했듯이 독자에게 작품에 대한 이정표를 머릿속에 그리도록 도움을 주는 역할을 합니다. 여러분이 운항하는 비행기에 탑승을 결정한 승객들은 이제 무엇을 기대할까요? 바로 이륙입니다. 작품을 출발해야 합니다. 따라서 프롤로그가 포함된 1화에는 작품이 직접적으로 시작되어야 합니다.

07

키워드 넣기

위에서 설명했듯이 키워드를 넣을 수 있는 부분은 두 파트입니다.

	역할
상세 설명 파트에 삽입	검색용 키워드
작품 소개 페이지에 삽입	독자 소개용 키워드

① 작품 소개 첫 줄에 키워드를 삽입할 경우: 대표 키워드 5개만 삽입합니다.

② 작품 소개 마지막에 해시태그 키워드를 넣는 경우: 정형화된 해시태그가 아닌 작품을 설명하는 키워드를 넣습니다. 이때, 여주와 남주, 역하렘에서는 각각의 남주 후보, 육아물에서는 가족들의 키워드를 해시태그로 넣어주면 좋습니다. 예시) #얼떨결에_남주들을_조련하게_된_여주, #남주의_애착_인형이_돼버린_여주

③ 검색용 키워드는 작품 '상세 설명' 페이지에서 등록할 수 있으

며 작품에 관련된 키워드를 최대한 많이 넣습니다.

④ 보너스 자료로 제공되는 키워드 모음집을 활용하면 쉽게 넣을 수 있습니다.

키워드를 직접 선택하거나 넣는 탭은 독자가 키워드로 검색할 때 연관 작품으로 뜰 수 있게 정보를 제공하는 곳입니다. 1화 유입률이 낮은 경우에는 키워드만 추가로 넣어도 유입률이 늘어납니다. 따라서 사소하더라도 작품과 연관된 키워드라면 모두 선택합시다. 만약, 역하렘이라면 남주 후보 키워드를 모두 넣는 등 독자가 키워드를 검색했을 때 여러분의 작품이 최대한 자주 노출되도록 키워드 설정을 많이 해둡시다.

_ □ ×

08
표지 이미지

작품이 노출됐을 때 독자들이 제목보다 먼저 보는 부분은 사실 표지 이미지입니다. 다만, 무료 연재처에서 제공하는 이미지를 사용할 경우, 별다른 변별력이 없습니다. 표지 이미지를 바꾸는 건 검색 노출도를 늘리는 방법이라기보다 **알고리즘으로 자동 노출되거나 검색 결과로 떴을 때 다른 작품들보다 먼저 눈에 띄는 방법**입니다

(1) 무료 이미지 활용

로판의 경우 여주보다 남주를 표지로 사용했을 때 차별화가 됩니다. 다만, 무료 이미지에서 훌륭한 남주 이미지를 구하기가 어려워 여주 이미지가 표지로 많이 쓰입니다.

(2) 커미션 활용

일러스트레이터에게 비용을 지불하고 표지를 의뢰하는 방법입니다. 일반적으로 저작권이 포함되지 않은 비영리적 사용권에 대한 거래를 뜻하며 게시와 소장이 가능하나 해당 이미지를 통해 수익성이 발생해서는 안 되는 특징이 있습니다.

따라서 무료 연재 시에는 창작자와의 협의 범위에 따라 사용이 가능하나 이후, 유료 연재를 위한 이미지는 사전에 창작자와의 협의가 반드시 필요합니다.

커미션 신청 시 비용이 들고 작품 제작 기간에 수일이 소요됩니다.

(3) 독자 팬아트

이메일 주소를 적어 두면 작품을 보고 팬아트를 보내는 독자들도 있습니다. 표지를 선물로 보내는 경우도 있기 때문에 팬아트를 보낸 독자의 허락을 받고 표지로 올립니다.

(4) 무료 타이포그래피 이미지 활용

타이포그래피를 활용한 표지를 만드는 방법입니다. 상업적으로 이용할 수 있는 무료 폰트 중 웹소설 표지에 많이 사용되는 폰트는 빛의 계승자와 HS 봄바람체입니다. 물론 다른 폰트를 활용해 표지를 제작할 수 있습니다. 무료 연재는 상업적 용도에 해당하지는 않지만, 상업적으로 이용할 수 있는 무료 폰트는 눈누 웹사이트(https://noonnu.cc/)에서 확인할 수 있습니다. 폰트를 내려받아 포토샵이나 파워포인트 등의 프로그램으로 제작 또는 미리 캔버스 사이트를 활용해 작품 표지를 직접 제작하면 됩니다.

(5) 유료 타이포 이미지 활용

커미션처럼 유료 타이포 제작을 해주는 일러스트레이터에게 표지 제작을 의뢰하는 방법입니다.

일반적으로 저작권이 포함되지 않은 비영리적 사용권에 대한 거래를 뜻하며 게시와 소장이 가능하나 해당 이미지를 통해 수익성이 발생해서는 안 되는 특징이 있습니다.

따라서 무료 연재 시에는 창작자와의 협의 범위에 따라 사용이 가능하나 이후, 유료 연재를 위한 이미지는 사전에 창작자와의 협의가 반드시 필요합니다.

웹소설 삼각 이론

각 플랫폼에서 선호작이 높아 유료 연재로 안정적으로 런칭되는 작품을 보면 다음 3가지 요소가 균형을 이루고 있다는 사실을 알 수 있습니다.

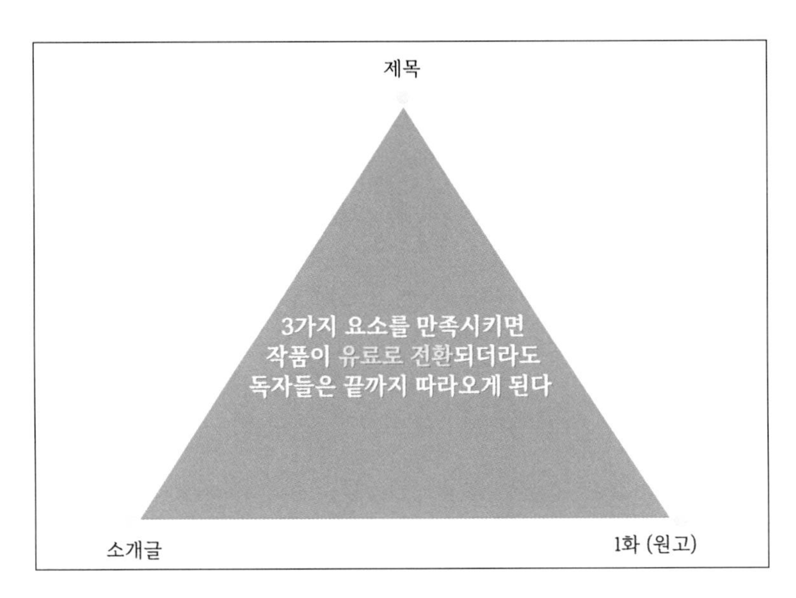

[무료 연재처에서 중요한 3요소]

작품 제목, 작품 소개, 1화(원고) 이 3가지 요소만으로 독자들은 이미 작품의 완독 여부를 마음속으로 결정짓는다고 해도 과언이 아닙니다. 투데이 베스트에 도전해 순위에 오른 선호작은 허수가 포함되어 있습니다. 1화도 읽지 않고 투데이 베스트에 올랐다는 이유로 전체 조회수/추천수/선호작/댓글수를 확인하고 선호작을 우선 누르는 겁니다.

그래서 유의미한 선호작 개수는 투도(투데이 베스트 도전)를 하기 전이 정확하다고 볼 수 있는데요. 우리가 일차적으로 공략해야 할 대상도 투도에 오르기 전 작품을 봐주는 독자님들입니다. 순위에 오르지도 않은 작품을 어떤 식으로든 발견해 작품을 읽고 선호작을 눌러 주어 투데이 베스트에 도전할 수 있는 바탕이 되어 주었기 때문입니다.

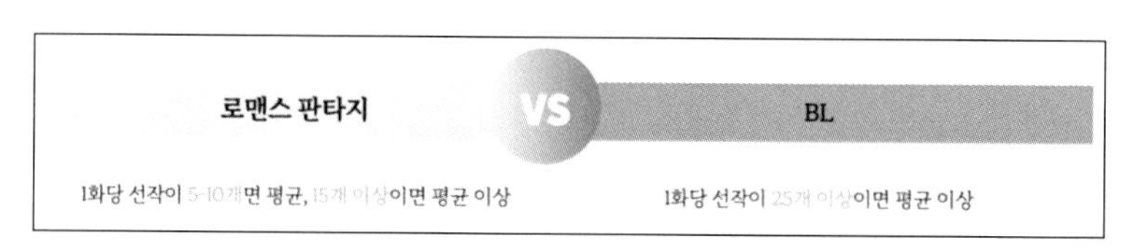

[투도를 하기 전 긍정적인 선작 지표]

로판은 투데이 베스트에 오르기 전 1화당 선작이 5~10개면 평균, 15개 이상이면 평균 이상이고, BL의 경우에는 투데이 베스트에 오르기 전 1화당 선작이 25개 이상이면 평균 이상입니다.

로판과 BL의 경우 가장 많은 컨택이 오는 플랫폼은 조아라입니다. 조아라 독자 유입이 과거보다 많이 줄어들어 위와 같은 지표만 가져도 평균 또는 평균 이상이라고 할 수 있습니다. (다만, 여전히 선호작 1만 이상을 가져가는 작품들도 있습니다.) 투도를 보통 10화에 하므로 이때, 세 자리 선작수를 가지고 도전할 경우, 순위 안에 안정적으로 들 확률이 높습니다. 그렇다고 투도하기 전 세 자리 선작수가 아니라 하더라도 낙심할 필요는 없습니다. 투까알이라고 해서 투도하기 전 지표가 매우 낮았지만 투도 이후, 순위권에 드는 경우도 많습니다.

정리하자면 다음과 같습니다.

① 투도하기 전, 지표(선작, 추천) 성적을 높이기 위한 모든 노력을 기울이자.
② 1을 했는데도 투도 전 지표가 낮다면 포기하지 말고 20화까지 1차 투도는 도전하자.
③ 지표 여부와 상관없이 투도 전, 출판사로부터 컨택 연락이 온다면 무작정 계약할 필요는 없다. 투도 후 훨씬 더 좋은 조건으로 계약이 들어올 수도 있고, 혹여나 투도 성적이 낮더라도 기존 출판사 컨택이 없어지는 건 아니다. 그러니 투도 전 출판사 컨택을 받더라도 투도는 반드시 도전하자.

09

플랫폼 내 노출을 늘리는 방법 – 조아라

노출될 수 있는 일곱 가지 탭

조아라는 노출될 수 있는 탭이 일곱 가지 있습니다. 전체, 노블레스, 노블X프리, 프리미엄, 무료, 신규, 완결이며 이 중 우리가 노려야 할 곳은 전체, 무료, 신규의 세 가지 탭입니다. 노블레스와 노블X프리, 프리미엄 탭은 플랫폼에서 유료로 신청하여 연재되는 작품들이 해당하는데요. 작품이 한 회차라도 유료 연재 이력이 있다면 투고 자체를 받지 않는 출판사가 많습니다. 유료 연재작을 투고로 받는 출판사가 소수인 만큼 작가 스스로 플랫폼 유료화를 신청할 경우 해당 플랫폼에서 좋은 성적을 내지 않는 이상 출판사 투고 기회가 줄어듭니다. 따라서 신인 작가라면 무료 연재를 우선적으로 진행하는 걸 추천해 드립니다. (기성작가분들도 플랫폼 자체 유료 연재보다 출판사 투고 및 무료 연재로 출판사 컨택을 더 선호합니다.)

1화를 올리기 전, 투도 계획을 미리 세우자

위에서 말한 세 가지 탭 중 신규 베스트에 뜨기 위해서는 1화를 올리고 나서 8주 안에 20화를 올려야 합니다. (조아라에서는 연재 시작일(연재란 개설일)로부터 8주라 명시하고 있습니다.) 기존 회차가 많이 쌓인 작품과 비교해 신규 작품의 노출을 조금이라도 더 해주기 위한 조아라 측의 배려인데요. 따라서 노출이 절실히 필요한 우리이기에 신규 탭에 들기 위해 투도 계획을 총 8주로 세웁시다. 1화를 올리기 전 업로드 계획을 세워두는 게 좋습니다.

업로드 스케줄은 8주를 꽉 채우자

1화를 올리기 전 평균 20화~25화(1권 분량)의 초고라도 완성한 상태에서 무료 연재를 시작합시다. 분량은 사실 작가마다 천차만별입니다. 즉흥적으로 1화를 작성해 바로 올린 뒤, 실시간 연재를 하는 작가분들도 있지만, 무료 연재 경험이 없으신 분들이라면 최소한 작품의 뼈대와 투도 도전 분량은 완성하고 시작하는 것이 좋습니다. 작품의 기본 뼈대나 비축분이 없을 경우, 독자 반응과 댓글에 휘둘릴 가능성이 있습니다.

투데이 베스트는 7일 이내에 연재된 작품만 표시되기 때문에 8주를 꽉 채운 마지막 날에 투도하는 것이 좋습니다. 8주 기간에 발생하는 여러 가지 변수를 미리 체크해야 합니다. 투도에 도전하는 날이 학생들의 시험 기간과 겹치지 않도록 하는 것이 좋고, 평일보다는 금, 토, 일, 연휴에 하는 것이 작품 유입률을 높일 수 있습니다.

초반 회차 업로드 텀은 최소 일주일로 하자

초반 회차부터 유입률이 높다면 회차별 업로드 텀을 일주일 미만으로 해도 좋으나 유의미한 유입이 없을 경우, 회차별 업로드 텀은 길수록 좋습니다. 1화를 올리고 난 뒤, 24시간이 지난 지표를 확인합니다.

1화 조회수가 낮다

STEP 1 작품 키워드를 늘려라

기성 작가나 조아라에 완결 작품이 있는 작가분이 아니라면 1화를 올리더라도 노출이 없으면 유입이 0에 수렴할 수 있습니다. 따라서 노출을 늘리기 위한 온갖 노력을 해야 하는데요. 조회수, 좋아요, 선작 지표 모두 낮을 경우, 작품 수정으로 들어가 키워드를 추가하세요. 서브 남주나 역하렘이라면 남주 후보들의 키워드를 모두 넣는 것입니다. 조아라는 키워드로 유입되는 독자분들이 많기 때문에 보너스 자료로 제공한 키워드를 확인하며 조금이라도 해당한다면 전부 추가합시다. 키워드만 추가하더라도 유의미한 유입률이 늘어납니다.

STEP 2 제목을 자극적으로 바꾸자

두 번째는 작품 제목을 메이저한 키워드로 변경해 보는 것입니다. 노출되더라도 작품 제목이 흥미롭지 않다면 독자들은 클릭하지 않습니다. 마이너 소재와 줄거리라 하더라도 작품 속 메이저 내용이 조금이라도 포함되어 있다면 그걸 중심으로 작품 소개글을 변경합니다. 작품 제목은 런칭하기 전까지 변경할 수 있습니다. 무료 연재를 할 경우에는 작가가 임의로 변경이 가능하므로 독자의 관심을 끄는 키워드로 주목도를 높여야 합니다.

STEP 3 표지를 바꿔보자

위에서 언급했던 표지 업로드 하는 방법 중 하나를 선택해 이미지를 바꿔봅시다. 핵심 키워드만 적어 표지를 만들어 올리는 것만으로도 독자들의 주목도를 높일 수 있습니다.

투도하기 전까지 지표를 확인하며 본인이 목표한 지수가 나올 때까지 Step1~3을 수시로 변경해야 합니다. 저는 투도 전 로판 기준 회차 선작이 20화 이상을 기록하면 해당 작품 제목과 소개서, 표지를 투도까지 활용합니다.

1화 조회수에 비해 선작수가 낮다 → 작품 소개서를 변경하자

유의미한 조회수가 있음에도 불구하고 선작수가 낮은 이유는 작품 소개서가 독자를 후킹하지 못했기 때문입니다. 기본적으로 작품 소개서를 접하는 독자의 머릿속에는 이미 작품 제목과 키워드에 대한 배경지식이 있습니다. 해당 키워드에 대한 기대를 충족시키지 못하는 작품 줄거리라면 독자들은 선작을 누르지 않습니다. 따라서 현재 작성한 작품 소개서의 내용을 위의 공식에 따라 유의미한 결과가 나올 때까지 계속 변경해 주세요.

10
장르별 추천하는 무료 연재 플랫폼

우선 본인의 쓰고 싶은 작품이 어떤 장르에 해당하는지 결정해야 합니다. 선택할 수 있는 대표 장르는 아래와 같습니다.

어떤 장르를 써야 할까?

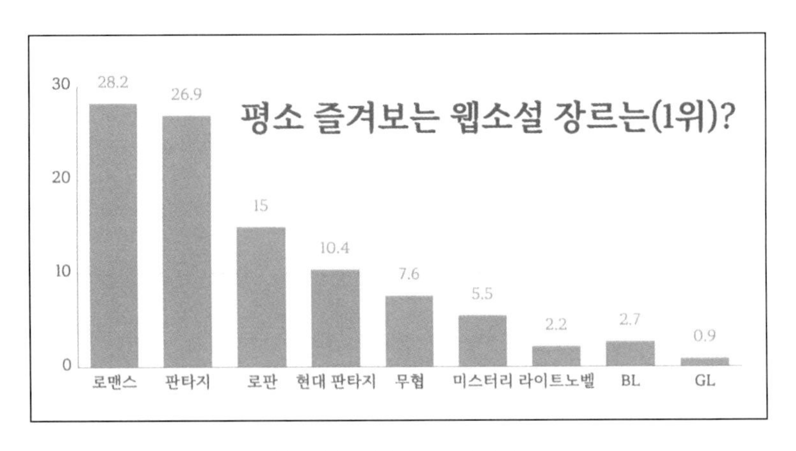

[출처: 케이디앤리서치 2020년]

2020년 설문조사 결과에 따르면 즐겨보는 웹소설 장르 1위는 로맨스가 가장 높았습니다. 그다음으로는 판타지, 로맨스 판타지, 현대 판타지 무협 등의 순위를 따르고 있습니다.

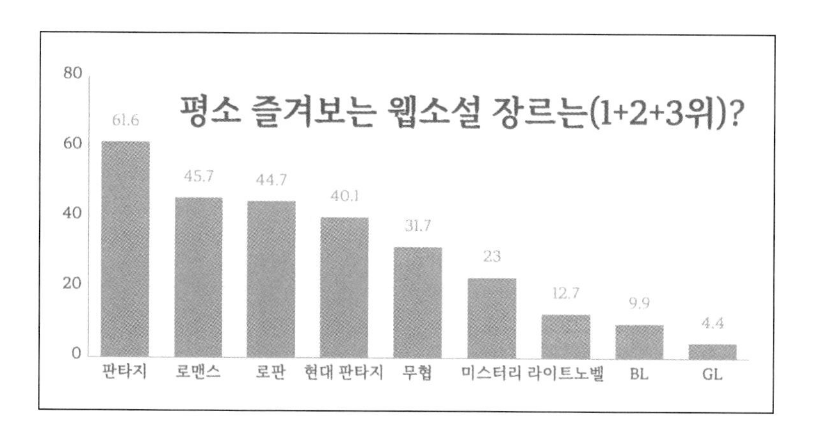

[출처: 케이디앤리서치 2020년]

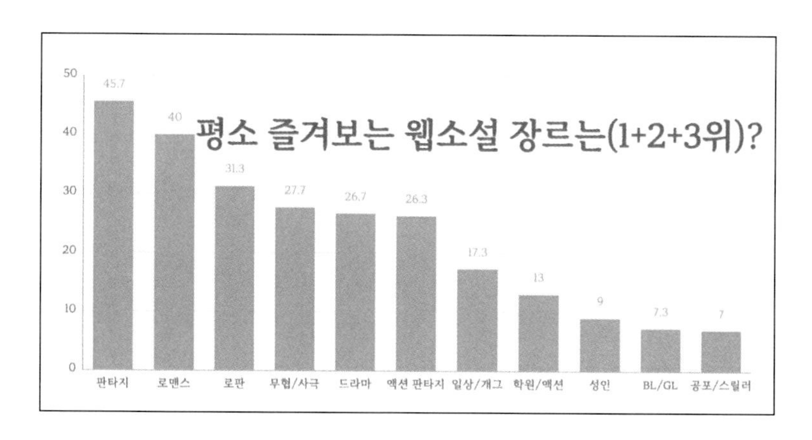

[출처: 오픈서베이 2023년 3월]

응답자의 즐겨보는 웹소설 장르 1+2+3위를 합산한 결과는 조금 달라집니다. 1위는 판타지, 2위는 로맨스, 3위가 로맨스 판타지 순으로 1등과 2등의 순위가 바뀌었습니다. 설문 조사를 토대로 **장르별 절대적인 독자풀은 판타지, 로맨스, 로맨스 판타지 순으로 높다고 할 수 있습니다**. 다만, 절대적인 수가 낮다 하더라도 무협이나 미스터리, BL, GL 장르의 경우에는 해당 장르만 읽는 독자들이 많은 편입니다. 따라서 본인이 쓰고 싶은 장르를 인기순으로 선정하기보다는 진정으로 좋아하는 장르로 선택하는 걸 추천해 드립니다.

무료 연재 플랫폼 이용자 통계

		문피아	조아라	네이버 웹소설	북팔	블라이스
전체		4.1	2.9	19.9	1.0	1.9
성별	남성	**6.3**	2.2	**19.3**	0.7	1.8
	여성	1.2	**3.9**	**20.8**	**1.4**	2.0

[웹소설 이용 플랫폼 자료 출처: 케이디앤리서치 2020]

연재 플랫폼을 선택할 때 고려하면 좋은 내용이 바로 각 플랫폼

이용자 통계입니다.

		문피아	조아라	네이버 웹소설	북팔	블라이스
연령대	10대	2.5	2.9	10.5	0.8	1.3
	20대	4.0	**3.5**	**27.4**	1.2	**2.3**
	30대	1.8	3.1	18.9	0.4	1.8
	40대	2.5	2.9	19.9	**1.4**	1.8
	50대	**9.9**	2.1	19.4	0.8	2.1

	가장 많은 이용자 통계
문피아	남성 50대
조아라	여성 20대
네이버 웹소설	여성 남성 20대
북팔	여성 40대
블라이스	여성 20대

각 플랫폼 별로 가장 많이 이용하는 연령대를 타겟으로 한 작품(소재/줄거리)을 올릴수록 조회수, 선호작, 댓글이 많아지므로 출판사 컨택을 비교적 쉽게 받을 수 있습니다. 이러한 플랫폼별 특징을 참고로 하여 최종적으로 여러분 작품의 장르와 무료 연재 플랫폼을 선택해야 합니다.

장르별 연재 추천 플랫폼

장르 구분			주인공	무료 연재 추천 플랫폼
무협, 판타지, 퓨전, 게임, 스포츠, 라이트노벨, 현대판타지, 대체역사, 전쟁/밀리터리, SF, 추리, 공포/미스테리, 일반소설, 시/수필, 중/단편, 아동소설/동화, 드라마, 연극/시나리오, 팬픽/패러디, 기타			남자 주인공 단독	문피아
			여자 주인공 단독(여주판)	조아라
로맨스	전 연령대	현대 로맨스	여성향	네이버 웹소설
		로맨스 판타지	여성향	조아라 네이버 웹소설
		BL	여성향	조아라
	19금(고수위)	현대 로맨스	여성향	북팔, 블라이스
			남성향	노벨피아
		로맨스 판타지	여성향	조아라, 북팔, 블라이스
			남성향	노벨피아
		BL	여성향	조아라

네이버 웹소설

전 연령 현대 로맨스는 네이버 웹소설을 통해 런칭하는 경우가 압도적으로 많습니다. 챌린지 리그에서 무료 연재를 시작해 - 베스트 리그 - 시리즈 정식 연재(정연) 또는 출판사 컨택 등으로 출간할 수 있습니다.

	무료 연재 플랫폼
전 연령 현대 로맨스	네이버 웹소설
전 연령 로맨스 판타지	네이버 웹소설, 조아라 동시 연재

네이버 웹소설 운영원칙 (출처: 네이버 웹소설)

(1) '시리즈에디션'이란?

[시리즈에디션]은 네이버 웹소설과 정식으로 계약을 체결한 작가의 작품을 중심으로 로맨스, 로판, 판타지, 현판, 무협, 미스터리, 라이트노벨 등 다양한 장르의 작품을 요일별로 삽화와 함께 서비스하고 있습니다. [시리즈에디션]에서 연재되는 작품들은 요일별, 장르별로 분류하여 볼 수 있으며, 선호하는 장르를 랭킹별로 모아서 감상할 수도 있습니다. [시리즈에디션]은 작품 투고나 챌린지 리

그/베스트 리그 연재를 통한 승격 시스템을 바탕으로 신인, 기성 작가 모두 연재의 기회를 얻을 수 있습니다.

(2) '베스트 리그'란?

[베스트 리그]란 챌린지 리그에서 승격된 작품을 모아서 노출하는 공간으로, 작품과 작가의 인지도를 한 층 더 높일 수 있습니다. [베스트 리그]는 로맨스, 로판, 판타지, 현판, 무협, 미스터리, 라이트노벨 장르의 작품들이 연재되며, 연재작들은 매주 편집부 검토를 통해 [시리즈에디션] 연재의 기회가 주어집니다.

[시리즈에디션] 작품 선정 기준은 다음과 같습니다.

- 조회수, 관심등록수, 댓글 등 독자가 부여하는 기능의 누적치
- 꾸준한 작품 업데이트를 통한 연재작가로서의 성실성
- 작품의 완성도와 참신성, 모바일 가독성 등 편집부 정성 평가
- 웹소설 게시글 원칙에 어긋나지 않은 작품

[베스트 리그] 연재작품은 네이버 웹소설의 [유료 작품 등록]을 통해 시리즈에서 자유롭게 작품을 판매할 수 있습니다. [베스트 리그 유료 서비스 작품]의 경우 시리즈에서도 상시 노출되며 판매

수익은 네이버 웹소설로부터 작가가 직접 제공받습니다.

(3) '챌린지 리그'란?

[챌린지 리그]는 장르 소설 작가를 지망하는 누구나 자유롭게 참여할 수 있는 창작 게시판으로, 네이버 웹소설에서 작품을 통해 독자들과 가장 먼저 만나게 되는 공간입니다.

[챌린지 리그]는 로맨스, 로판, 판타지, 현판, 무협, 미스터리, 라이트노벨, 자유 장르 등 총 8개의 장르를 제공하며, 누구든 원하는 장르에서 자유롭게 연재를 진행할 수 있습니다. [챌린지 리그]에서 연재되는 작품은 인기도에 따라 자유 장르를 제외하고 매주 1회 [베스트 리그]로의 승격 기회가 주어집니다.

이때 전체연령가에서의 서비스가 불가하거나 웹소설 게시글 원칙에 어긋나는 작품일 경우 승격이 취소될 수 있습니다.

(4) 승격과 강등

승격이란, [챌린지 리그]의 인기 콘텐츠가 [베스트 리그]로 선정되고, [베스트 리그]의 인기 콘텐츠가 [시리즈에디션]을 통해 정식 연재되는 과정을 의미합니다.

이와 반대로 강등은 [베스트 리그]로 승격된 작품이 네이버 웹소설 게시글 원칙 및 기본 연재 요건을 지키지 못한 작품의 경우 전 단계, 즉 [챌린지 리그]로의 이동을 의미합니다.

강등 요건은 다음과 같습니다.

- 전체연령가에서 서비스 불가한 작품
- 불량 게시물로 3회 이상 징계를 받은 작품
- 연재소설로서 감상할 수 있을 만한 회차가 없거나 더 이상 연재가 어렵다고 판단되는 경우
- 웹소설 게시글 원칙에 어긋나는 작품

네이버 웹소설 부당 이용 대응 안내

(1) 불량 게시글에 대한 정의

네이버 웹소설 〈베스트 리그〉 및 〈챌린지 리그〉는 방송통신심의위원회의 인터넷내용등급서비스 상의 기준을 참고하여 다음과 같은 게시글을 불량 게시글로 정의합니다.

① 욕설, 비방(특정 인물 또는 단체, 종교 등을 욕하거나 비방하는) 글/댓글

② 폭력, 비행, 사행심 조장하는 게시글/댓글

- 자살을 미화·권유하거나 자살 방법을 적시하는 내용, 동반자살을 유도하는 내용
- 범죄 관련 내용을 미화·권유·조장하는 내용
- 성폭력 마약 복용 등 퇴폐적 행위를 자극하거나 미화하는 내용
- 살인을 청탁하거나 이를 권유, 유도, 매개하는 내용
- 사회 윤리적으로 용납되지 않은 행위를 매개하는 경우(사이버 스토킹에 관한 내용 등)
- 처형 장면, 시체 등 혐오감을 일으키는 내용을 주된 내용으로 묘사하는 경우
- 부녀자 및 어린이 학대 등 폭력행위를 미화하는 내용
- 도박 등의 사행심을 조장하는 내용
- 미신 또는 비과학적인 생활 태도를 조장하는 내용
- 금전적 거래를 발생시키거나 이를 알선하는 경우
- 불법적인 피라미드식 영업행위를 권유 조장하는 등의 내용
- 불법적인 경품/복권을 강매 또는 판매하는 등의 내용
- 돈 버는 사이트 소개, 피라미드식 사기행위 등 허위 사실이나 불법적 내용을 게시하는 경우 등

③ 음란성, 성 폭력성 게시글/댓글

- 지나친 노출로 청소년에게 유해하다고 판단되는 경우
- 성행위를 직접적으로 묘사한 내용
- 성범죄를 구체적 사실적으로 묘사하거나 미화한 내용

- 노골적인 성적 대화 등 성적 유희 대상을 찾거나 매개하는 내용
- 음란정보 또는 퇴폐업소가 있는 장소를 안내 또는 매개하는 내용
- 음란 사이트, 자료를 링크한 경우

④ 불법유통, 저작권 위반 관련 게시글/댓글

- 저작권자의 동의를 구하지 않은 자료를 불법 게재, 배포, 권유하는 내용
- 다른 서비스나 사이트에서 허락되지 않은 자료를 퍼오거나 링크하는 경우
- 정품을 사용하지 않고 무료 다운로드 등 불법 복제를 권하는 내용
- 시리얼 번호 등 불법 복제와 관련된 내용
- P2P나 불법 공유 사이트를 권하는 내용
- 타인의 권리에 속하는 저작권, 상표권, 의장권 등을 무단으로 침해하는 내용

※ 자신의 저작권을 침해한 게시물(침해 주장 게시물)이 있는 경우, 게시 중단요청 서비스로 신고해 주세요.

⑤ 상업 광고 게시글/댓글

- 특정 회사나 개인의 이익을 목적으로 상업적 내용을 게시한 경우

⑥ 리뷰, 비평글 및 작품과 관련되지 않은 공지글 등을 비롯한 게시판 성격에 맞지 않거나 동일한 내용을 반복적 나열하는 도배성 게시글/댓글

⑦ 타인의 개인정보(실명, 주민번호, 연락처, 주소, 블로그 주소 등)를 본인의 동의 없이 고의적, 악의적으로 게재한 게시글/댓글

⑧ 사이버 명예훼손의 우려가 있는 게시글/댓글

- 개인의 사생활, 초상권을 침해한 내용
- 개인이나 단체에 대해 비방하거나 허위 사실을 유포한 경우 또는 권리를 침해한 경우
- 욕설 또는 언어폭력 등의 저속한 표현으로 특정인의 인격을 모독하거나 불쾌감을 불러일으키는 내용

⑨ 개인적인 비난, 비판, 토론 형태를 갖는 게시글/댓글

⑩ 운영자, 직원 및 관계자를 사칭하는 게시글/댓글

⑪ 어뷰징 프로그램 사용 및 서비스를 조작하려는 의도가 보이는 게시글/댓글

⑫ 불쾌감을 유발하는 혐오성, 반사회적 게시글/댓글

⑬ 기타 회사에서 통용되는 기타 규칙에 위배되는 게시글/댓글

(2) 불량 게시글에 대한 신고

① 〈베스트 리그〉와 〈챌린지 리그〉의 모든 게시글에는 '신고하기' 버튼이 있습니다. 게시글이 불량성이라고 판단될 때는 신고하기 버튼을 누르고, 신고 이유를 선택하거나 입력해서 회원이 직접 신고할 수 있습니다.

② 한 게시글을 동일 이용자가 2번 이상 신고할 수 없으며, 부당한 사유로 신고를 하거나 동일 게시글을 중복 신고 시에는 신고자가 징계를 받을 수 있습니다.

(3) 불량게시글/댓글/별점의 징계원칙과 절차

① 동일 게시글이 반복적으로 신고된 경우 해당 게시글은 블라인드 처리되며, 〈베스트 리그〉와 〈챌린지 리그〉 게시글 모두 운영원칙에 맞지 않는 경우 별도 통보 없이 삭제될 수 있습니다. 또한 해당 게시글 작성자는 7일간 〈베스트 리그〉 및 〈챌린지 리그〉 작품 올리기와 댓글 쓰기, 신고하기가 제한됩니다.

② 불량 게시글 작성으로 징계를 받은 적이 있는 이용자가 재차 불량 게시글로 징계를 받게 되면 해당 게시글 삭제와 함께 15일간 〈베스트 리그〉 및 〈챌린지 리그〉 작품 올리기와 댓글 쓰기, 신고하기가 제한됩니다.

③ 3회 이상 징계를 받게 되면 해당 게시글 삭제와 함께 30일간 작품 올리기와 댓글 쓰기, 신고하기가 제한됩니다.

④ 심각한 반사회성 게시글/댓글에 대해서는 신고 횟수나 징계 횟수에 관계없이 영구적으로 네이버 웹소설 〈베스트 리그〉 및 〈챌린지 리그〉 이용이 제한될 수 있습니다.

⑤ 별점에 있어, 게시글에 수 회 이상 반복적으로 낮은 별점을 주는 악의적인 행위로 판단될 경우, 해당 이용자에 메일을 통한 경고 조치가 되고, 동일한 이용자가 재차 낮은 별점을 주는 행위가 확인될 시, 15일간 별점을 부여할 수 없도록 이용이 제한됩니다. 이후 동일한 이용자가 3회 이상 징계를 받게 되면, 30일간 별점을 부여할 수 없습니다.

⑥ 위 내용에도 불구하고 운영자에 의한 게시물 삭제 횟수가 누적이 되

는 경우 누적 정도에 따라서 경고, 일시 정지, 영구 이용정지 등 단계적으로 제한될 수 있습니다. 단, 음란게시물 작성 등 그 위반 정도가 중한 경우 누적 정도와 관계없이 일시정지 또는 영구이용정지될 수 있습니다.

(4) 부당 신고의 정의

불량성이 아닌 타인의 게시글을 적합하지 않은 사유로 신고하거나 동일 게시글을 중복 신고하는 경우 부당 신고로 처리되며 부당 신고자는 다음의 원칙에 따라 징계를 받을 수 있습니다.

① 부당 신고자는 7일간 작품 올리기와 댓글쓰기, 신고하기가 제한됩니다.

② 부당 신고로 징계를 받은 적이 있는 이용자가 재차 부당 신고를 할 경우 15일간 작품 올리기와 댓글 쓰기, 신고하기가 제한됩니다.

③ 3회 이상의 부당 신고를 한 자는 30일간 작품 올리기와 댓글 쓰기, 신고하기가 제한됩니다.

④ 부당 신고의 정도가 심한 경우, 영구적으로 네이버 웹소설 〈베스트 리그〉 및 〈챌린지 리그〉 서비스 이용이 제한될 수 있습니다.

연재 방법

네이버 웹소설(챌린지 리그)은 헬린지라고 불릴 정도로 경쟁이 치열합니다. 이미 완결작 및 출간작이 있는 기성 작가분들도 챌린지 리그에서 새로 연재하는 경우가 많습니다. 완결작이 있거나 인기 작가분들은 두터운 팬층을 보유하고 있지만 이제 막 시작하는 경우에는 맨땅에서 시작합니다. 그렇다고 낙심할 필요는 없습니다. 그분들도 우리와 같은 첫 시작이 있었을 테니까요.

① 챌린지 리그는 왕도는 없습니다. 매일 연재가 중요합니다.

② 이미 완성된 원고가 있으면 하루에 2연참~10연참을 하는 분들도 있습니다. 조아라와 달리 베스트 지수가 아닌 에디션 지수로 베스트 리그나 정식 연재가 결정됩니다. 조아라에서는 베스트 지수를 높이는 방법이 비교적 공식화되어 있는 반면, 챌린지 리그에서 베스트 리그 및 슈퍼패스, 시리즈 연재로 확실히 갈 수 있는 공식은 소문만 무성합니다. 결국, 독자의 마음을 사로잡는 작품이 끝까지 생존합니다.

③ 소재에 따른 인기도가 다릅니다. 네이버 웹소설 이용자 평균을 살펴보면 10대가 가장 적고, 20대~50대가 이용하는 플랫폼입니다. 네이버 웹소설은 전용 앱이 없음에도 무료 연재 플랫폼 중 가장 많이 작품을 읽는 곳입니다. 따라서 10대보다 20~50대가 선호하는 소재와 줄거리의 작품이 챌린지 리그에서 반응이 좋습니다.

④ 로판은 조아라에 20화까지 투도한 뒤, 네이버 웹소설에 업로드하는

경우가 많습니다. 조아라 투도 성적이 좋을 경우, 출판사 컨택이 최대 한 달 동안 오기 때문에 이 시기에 네이버 웹소설과 카카오 스테이지에도 업로드합니다. 투도 전후로 컨택이 온 출판사와 계약을 맺을 수 있고, 본인이 선호하는 출판사가 있으면 해당 출판사에 무료 연재 성적과 함께 투고해 볼 수 있습니다.

⑤ 네이버 웹소설에서 연재되는 작품의 경우, 완결 이후 런칭되는 경우도 있습니다. 출판사와 계약 조건에 따라 완결을 내고 습작 처리를 하거나 연재 중지를 하면 됩니다.

북팔

19금 현대 로맨스 무료 연재 플랫폼으로 출판사 컨택을 가장 많이 받을 수 있습니다. 북팔을 주로 이용하는 연령대를 살펴보면 40대 여성이 가장 많습니다. 이곳에서도 소재에 따른 독자들의 선호도가 나뉘며 고수위와 소프트 로맨스 중 고수위 작품이 인기가 더 높습니다.

북팔 연재 수위 (출처: 북팔 작가 소식)

19금이라 하더라도 간행물윤리위원회 및 방송통신심의위원회에서 규정하는 내용을 준수해야 합니다. 다음은 북팔에서 연재할 수 있는 수위 내용입니다.

(1) 노출 불가 소재

① 주인공을 비롯하여 조연 등 등장인물의 근친상간(8촌 이내 일가 사이의 남녀가 서로 성적 관계를 맺음)을 다룬 내용이 나올 경우

② 초반부 근친임을 암시하나, 실제 근친이 아닌 경우 '책 소개'에 이를 명시해야 함

③ 등장하는 인물의 강간 혹은 유사 강간, 데이트 폭력 등의 성범죄를 사랑으로 합리화하는 요소가 있을 경우

④ 성범죄를 직접적이고 구체적으로 묘사하는 경우

⑤ 몰래카메라(도촬), 인신매매 등을 소재로 하는 경우

⑥ 아동 및 청소년의 성을 사는 행위를 묘사하였거나 성매매를 조장하는 경우

⑦ 아동 및 청소년을 대상으로 선정성을 조장하는 경우

⑧ 등장인물이 교복을 입고 있는 등, 미성년자 신분이 남아있음을 암시한 상태에서 성행위를 묘사하는 경우 (중·고등학교에서 성행위를 하는 장면

포함)

⑨ 수간(짐승을 상대로 하는 변태적인 성행위)을 소재로 하였거나 이를 묘사했을 경우

⑩ 성행위를 하는 등장인물 중 한쪽이 짐승일 경우

(2) 불량 게시글

① 욕설, 비방 (실제 특정 인물 또는 단체, 종교 등을 비방하는 글/댓글)

② 폭력, 비행, 사행성을 조장하는 게시글/댓글

- 자살 방법을 자세하게 적시하는 내용
- 성욕에 관한 마약 복용 등 퇴폐적 행위를 미화하는 내용
- 사회 윤리적으로 용납되지 않는 행위를 자세하게 묘사하는 경우 (장기 매매, 미성년자 강간 및 성폭행)
- 처형 장면, 시체, 고문 등의 장면 표현에 있어서 적나라하게 묘사하여 혐오감을 일으키는 경우
- 미성년자 학대 등 폭력 행위를 미화하는 내용
- 도박 등의 사행성을 일으킬 수 있는 소재에 대해 방법을 정확히 명시하거나 유도하는 내용
- 금전적 거래를 발생시키거나 이를 알선하는 내용이 있을 경우
- 불법적인 사이트 소개나, 불법적 내용을 게시하는 내용

③ 음란성, 성 폭력성 게시글/ 댓글

- 작품 제목/내용 및 챕터 제목에 성기와 관련된 노골적인 단어를 사용
- 사회적으로 용인이 불가하고, 변태적인 성행위가 들어 있는 경우 (스와핑, 그룹섹스 등등)
- 아동 및 청소년을 대상으로 한 성적인 내용이 들어 있을 경우 (아동 및 청소년은 성인-아동/청소년의 관계이며, 연인 관계여도 관계를 가지는 경우도 해당. 또한, 아동 및 청소년을 대상으로 한 성적인 내용의 경우는 1차 경고 후 무통보 삭제됩니다.)
- 내용상 근친적인 요소가 있으나, 그 근친의 당사자가 관계를 하는 장면이 있는 경우
- 내용의 80% 이상이 정사 장면으로만 이루어져 있고, 강간 등의 범죄가 미화되어 있는 경우
- 실제 음란 정보 또는 퇴폐 업소가 있는 장소를 안내 또는 매개하는 내용
- 음란 사이트, 혹은 음란 자료를 링크한 경우
- 성기 등 주요 부위와 전라가 적나라하게 노출되고, 관계하는 그림이나 이미지가 내지 삽화로 등록할 경우
- 성범죄를 구체적, 사실적으로 묘사하거나 미화한 내용 (강간, 성추행 등등 사회적, 법적으로 문제 되는 범죄가 이에 해당됩니다.)

④ 불법 유통, 저작권 위반 관련 게시글/댓글

- 저작권자의 동의를 구하지 않은 이미지 혹은 글을 불법 게재, 배포, 권유하는 내용
- 다른 서비스나 사이트에서 허락되지 않은 자료를 퍼오거나 링크하

는 경우

⑤ 상업 광고 및 기업 홍보 게시글/댓글

- 특정 회사나 개인의 이익을 목적으로 상업적 내용을 게시한 경우
- 기업에서 작가의 컨택을 위하여 번호, 주소 등의 정보를 기입하여 게시한 경우

⑥ 리뷰 및 작품과 관련되지 않은 공지글 등을 비롯한 게시판 성격에 맞지 않거나, 동일한 내용을 반복적 나열하는 도배성 게시글

⑦ 타인의 개인 정보(실명, 주민 번호, 연락처, 주소, 블로그 주소 등)를 본인의 동의 없이 고의적, 악의적으로 게재한 게시글/댓글

⑧ 사이버 명예훼손의 우려가 있는 게시글/댓글

- 개인의 사생활, 초상권을 침해하는 등의 내용
- 해당 작품의 내용과는 상관없이 악의적인 인신공격이 있을 경우
- 욕설 또는 언어폭력 등의 저속한 표현으로 특정인을 인격 모독하거나 불쾌감을 불러일으키는 내용

⑨ 비평이 아닌 개인적인 비난, 작가/독자에 대한 악의적인 비난일 경우

⑩ 운영자, 직원 및 관계자를 사칭하는 게시글/댓글

⑪ 어뷰징 프로그램 사용 및 서비스를 조작하려는 의도가 보이는 게시글/댓글

⑫ 불쾌감을 유발하는 혐오성, 반사회적, 성적인 발언을 담은 게시글/댓글

작가 등급 활용

북팔에 가입하면 기본적으로 일반 작가가 됩니다. 일반 작가로 30회 차를 올리면 성실 작가로 승급됩니다. 혹은 그 이전 회차에 선호작 5,000 이상(중견 작가), 10,000 이상(인기 작가), 20,000(스타 작가)을 얻어 승격될 수도 있습니다.

제가 추천하는 방법은 우선 30회 차를 올려 일반 작가에서 성실 작가가 승급합니다. 이때, 꼭 컨택을 원하는 작품을 올릴 필요는 없습니다. 컨택을 바라는 작품이 아니라 승급을 하기 위한 작품을 최소 분량만 맞춰 업로드해도 됩니다. 성실 작가가 되면 작품을 리뷰 무료관에서 연재할 수 있는 자격이 주어지는데요. 해당 관은 리뷰 입력 시 상시로 쿠폰 이벤트가 진행되는 무료 연재관이라 작품에 댓글을 남겨주는 독자들이 많습니다. 독자 피드백을 받아볼 수 있기에 19금 현대 로맨스일 경우, 이렇게 연재하는 걸 추천합니다.

연재 방법

독자가 가장 선호하는 연재는 매일 연재입니다. 매일 연재를 하면 독자 관심도가 올라가고, 가장 조회수가 높아지는 때는 아무래도 씬이 나오는 회차와 완결 공지가 뜬 이후입니다. 아래 설문 조사는 유료 작품에 대한 독자들의 감상이지만 무료 연재에도 적용할 수 있습니다. 연재 즉시 1편씩 지불하며 읽는 독자는 46.6%라 과반수에 못 미칩니다. 완결된 작품을 한 번에 몰아보는 독자는 74.4%입니다.

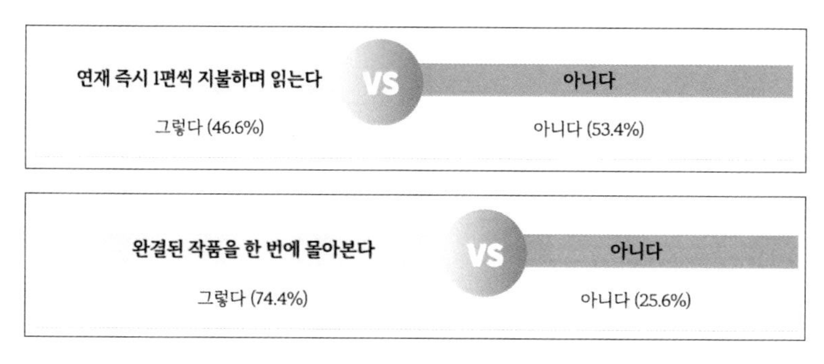

[출처: 케이디앤리서치 2020]

웹소설이 편당 결제로 시작했지만, 독자들은 완결까지 한 번에 몰아보는 걸 선호합니다.

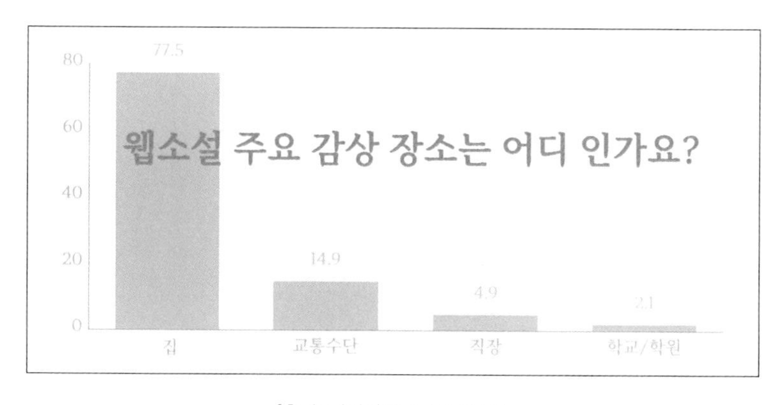

[출처: 케이디앤리서치 2020]

위 설문 조사가 2020년에 진행됐기에 코로나 시기임을 감안해도 집에서 웹소설을 감상하는 독자들이 압도적으로 많습니다. 그렇다면 이들이 웹소설을 주로 감상하는 시간대는 언제일까요? 대중교통 수단을 이용하는 출퇴근 시간이 가장 높을까요?

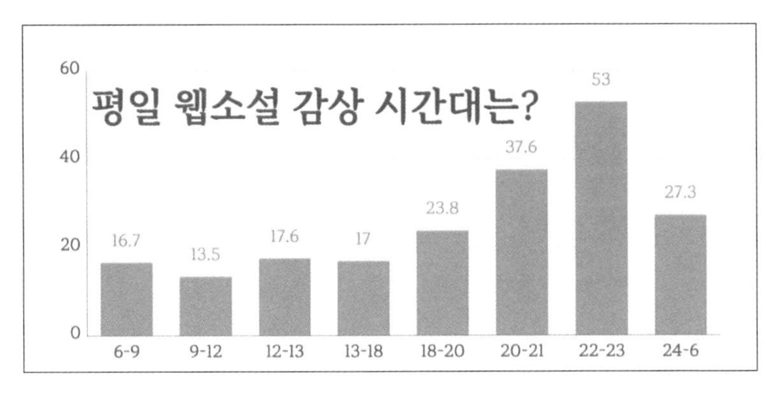

[출처: 케이디앤리서치 2020]

출퇴근 시간보다 퇴근 이후 저녁 시간이 압도적으로 많습니다. 이 의미는 스낵 컬처로 시작한 웹소설이 점점 영역을 넓혀나가고 있다는 방증이라고 생각하는데요. 그만큼 독자들의 니즈를 바로 바로 충족시키는 내용의 작품이 많이 런칭되고 있기 때문입니다. 따라서 어떤 플랫폼이던 출판사 컨택 및 출판사 투고에 합격하지 못했다 하더라도 완결작을 하나씩 쌓아가는 것이 웹소설 시장에서 상업 작가로 데뷔하는 가장 빠른 길입니다.

간행물 윤리위원회 심의대상 및 심의기준

ISBN이 발급되는 간행물이나 출판물은 간행물 윤리위원회의(이하 간윤위) 심의대상이 됩니다. 따라서 편당 결제 시스템인 웹소설은 간윤위 심의기준을 준수해야 합니다. 참고로 편당 결제가 아닌 정액 결제로 접근이 가능한 간행물이나 출판문은 간윤위 심의대상이 아닙니다.

출판물이 간윤위 심의대상에 저촉될 경우, '유해간행물' 또는 '청소년유해간행물'로 결정됩니다.

심의 내용	결과
유해간행물	판매나 유통이 금지
청소년유해간행물	19세 미만 청소년에게 판매나 대여 금지

심의대상

가. 간행물

소설, 만화, 사진집, 화보집 및 전자출판물

외국간행물 중 잡지 및 북한이나 반국가단체가 출판한 간행물

(「남북교류협력에 관한 법률」 제13조에 따라 북한으로부터 들여오는 간행물은 제외한다.)

문화체육관광부 장관 또는 여성가족부가 심의를 의뢰한 간행물

위원회가 선정한 간행물

청소년보호와 관련된 기관·단체 또는 30명 이상이 서명하여 청소년 유해 여부의 확인을 요청한 간행물

법 19조의3에 따라 의견문의를 신청한 소설, 만화, 사진집, 화보집, 잡지, 전자출판물, 북한이나 반국가단체가 출판한 간행물

(「남북교류협력에 관한 법률」에 따라 북한으로부터 들여오는 간행물은 제외한다.)

「청소년보호법」 제2조 제2호 제'사'목 내지 제'아'목에 따른 「신문 등의 진흥에 관한 법률」에 따른 일반일간신문(주로 정치·경제·사회에 관한 보도·논평 및 여론을 전파하는 신문을 제외한다), 특수일간신문(경제·산업·과학·종교 분야를 제외한다), 일반주간신문(정치·경제 분야를 제외한다), 특수주간신문(경제·산업·과학·시사·종교 분야를 제외한다), 「잡지 등 정기간행물의 진흥에 관한 법률」에 따른 잡지(정치·경제·산업·과학·시사·종교 분야를 제외한다)

심의기준

제1장 일반심의기준

제1조(일반심의기준)

위원회는 심의를 함에 있어 다음 각호의 1을 고려해야 한다.

1. 간행물의 유해성 여부를 판단하되, 표현된 상태를 대상으로 한다.
2. 반국가성, 음란성, 반사회성 등을 판단함에 있어서 양적·질적 정도

와 전체에서 차지하는 비중을 고려한다.

3. 문학적, 예술적, 교육적, 의학적, 과학적, 사회적 측면과 간행물의 특성을 고려한다.

4. 간행물의 성격과 영향, 내용과 주제, 전체적인 맥락 등을 종합적으로 고려한다.

5. 건전한 사회통념과 윤리관의 위해(危害) 여부를 고려한다.

6. 간행물 중 연속물에 대한 심의는 개별 회분을 대상으로 한다.

7. 심의위원 중 최소한 2인 이상이 당해 간행물의 전체 내용을 파악한 후 심의한다.

제2장 유해간행물 심의기준

제2조(유해간행물 심의기준)

① 간행물의 내용이 사회 통념에 비추어 반국가성, 음란성, 또는 반사회성 등의 정도가 극히 심하여 사회 전반에 해악을 미칠 우려가 있는 간행물은 출판및인쇄진흥법 제19조제1항 및 동법시행령 제13조가 규정한 유해간행물로 판단한다.

② 자유민주주의 체제를 전면 부정하거나 체제전복 활동을 고무 또는 선동하여 국가의 안전이나 공공질서를 뚜렷이 해치는 다음 각호의 1에 해당하는 것은 유해간행물로 판단한다.

1. 헌법의 민주적 기본 질서를 명백히 부정하여 국가의 존립 자체를 크게 위협하는 것

2. 보편타당한 역사적 사실을 악의적으로 왜곡하여 민족사적 정통성

을 심각하게 훼손하는 것

3. 불법 폭력적인 계급투쟁과 혁명을 선동하여 극심한 사회 혼란을 초래하는 것

③ 음란한 내용을 노골적으로 묘사하여 사회의 건전한 성도덕을 뚜렷이 해치는 다음 각호의 1에 해당하는 것은 유해간행물로 판단한다.

1. 남녀의 성기나 음모를 노골적으로 노출시키거나 성행위 및 성기 애무 장면을 극히 음란하게 묘사하여, 정상인의 성적 수치심을 현저하게 유발하는 것

2. 동물과의 성행위, 시신과의 성행위, 집단 성행위, 가학성(加虐性)·피학성(被虐性) 음란증 등 각종 변태적 행위와 근친상간(近親相姦) 등을 흥미 위주로 극히 음란하게 묘사하여 인간의 존엄성과 성 윤리를 현저히 왜곡하는 것

3. 강간(强姦), 윤간(輪姦) 등의 성범죄를 극히 음란하게 묘사하여 선량한 성적 도의관념에 어긋나는 것

④ 살인, 폭력, 전쟁, 마약 등 반사회적 또는 반인륜적 행위를 과도하게 묘사하거나 조장하여 인간의 존엄성과 건전한 사회질서를 뚜렷이 해치는 다음 각호의 1에 해당하는 것은 유해간행물로 판단한다.

1. 잔혹한 살인·폭행·고문 행위 등 각종 물리적 형태의 폭력 행위를 자극적으로 묘사하여 같은 종류의 범죄를 명백히 조장하는 것

2. 마약 등 중독성 약물의 복용·제조 및 사용을 조장하여 사회 전반의 건전성을 크게 악화시키는 것

제3장 청소년유해간행물 심의기준

제3조(청소년유해간행물 심의기준)

청소년에게 유해한 선정성, 폭력성, 반사회성 등의 내용이 표현된 간행물은 청소년보호법 제9조 제1항이 규정한 청소년유해간행물로 심의·결정한다.

제4조(선정성 등)

청소년에게 성적 충동 또는 성적 수치심을 자극하는 다음 각호의 1에 해당하는 내용이 표현된 것은 청소년유해간행물로 판단한다.

1. 남녀의 둔부 또는 여성의 가슴을 의도적으로 노출시킨 채 선정적인 자태를 취한 것
2. 남녀의 성기, 국소 부위 체모 또는 항문(이하 '남녀의 성기 등'이라 한다.)이 노출되거나 투명한 의상 등을 통해 확연하게 비치는 것
3. 착의 상태라도 근접촬영 등으로 남녀의 성기 등이 지나치게 강조되어 윤곽 또는 굴곡이 선정적으로 드러난 것
4. 이성 또는 동성 간의 성행위, 구강성교, 성기 애무 등 성행위 및 유사성행위를 구체적으로 묘사한 것
5. 신체의 일부 또는 성 기구를 이용한 자위행위를 직접적이고 구체적으로 묘사한 것
6. 가학성·피학성 음란증, 혼음, 수간, 시간, 관음증 등 변태 성행위를 흥미 위주로 묘사한 것
7. 성교육 등을 위해 필요한 경우라도 상업적으로 성 관련 사진, 그림,

내용, 기법 등을 지나치게 흥미 위주로 과다하게 묘사·수록한 것

8. 남녀의 성기 등을 저속하게 표현하고 저속한 대사나 욕설, 음담패설을 남용하는 것
9. 매매춘 등 불법적인 성행위를 구체적으로 묘사한 것
10. 방뇨, 배설 시의 오물, 정액, 여성 생리 등을 극히 사실적으로 묘사하여 혐오감을 주는 것
11. 여성의 출산, 낙태 등의 의료행위를 흥미 위주로 왜곡하여 혐오감을 주는 것
12. 여성을 성적 대상으로만 묘사하거나 상품화하여 건전한 성 의식을 왜곡하는 것
13. 노골적인 성적 대화나 음란행위 등을 구체적으로 기술한 성 기구 광고를 게재한 것
14. 남녀 자위 용품 사진과 사용법 등을 구체적으로 기술한 성 기구 광고를 게재한 것
15. 기타 청소년에게 성적 충동 또는 성적 수치심을 자극하여 청소년의 건전한 성 의식 형성을 저해할 우려가 있는 것

제5조(폭력·잔인성 등)

청소년에게 포악성이나 범죄 충동을 일으키는 다음 각호의 1에 해당하는 내용이 표현된 것은 청소년유해간행물로 판단한다.

1. 살상, 폭행, 고문 등의 장면을 사실적이며 잔인하게 묘사한 것
2. 사지 절단 등 신체 손괴 장면을 사실적으로 묘사한 것

3. 장기 밀매, 사체 유기 등을 구체적으로 묘사한 것
4. 아동 학대, 인신매매, 유괴 등의 행위를 미화하거나 사실적으로 묘사한 것
5. 폭력 행위를 흥미 위주로 미화하여 조장하는 것
6. 범죄 수단이나 방법을 구체적으로 묘사하여 범죄를 조장하는 것
7. 범죄를 교사·방조하거나 선전·선동할 우려가 현저한 것
8. 기타 청소년에게 포악성이나 범죄 충동을 일으켜 청소년의 건전한 인격 형성을 저해할 우려가 있는 것

제6조(성범죄와 유해 약물 등)

청소년에게 유해한 성범죄와 유해 약물 복용·제조 및 사용을 조장하는 다음 각호의 1에 해당하는 내용이 표현된 것은 청소년유해간행물로 판단한다.

1. 강간(强姦), 윤간(輪姦), 성폭행, 성고문 등을 사실적 또는 연속적으로 묘사하여 성범죄를 조장하는 것
2. 성범죄 방법이나 수단 등을 구체적으로 묘사하여 성범죄를 조장하는 것
3. 마약, 향정신성 의약품, 기타 유해 물질 등의 효능, 제조, 구입, 사용 방법 등을 구체적으로 묘사하여 조장하는 것

제7조(건전한 윤리관 저해 등)

청소년의 건전한 윤리관을 저해하는 다음 각호의 1에 해당하는 내용이

표현된 것은 청소년유해간행물로 판단한다.

1. 근친상간(近親相姦) 등 패륜적인 성관계를 묘사한 것
2. 존·비속 등에 대한 살상, 폭행, 학대 등 반인륜적 행위를 묘사한 것
3. 스승이나 노인에 대한 살상, 폭행, 학대 행위 등을 묘사한 것
4. 임산부, 아동, 장애인에 대한 살상, 폭행, 학대 행위 등을 묘사한 것
5. 불륜 행위 등을 지나치게 흥미 위주로 묘사하여 문란한 성관계를 조장하는 것

제8조(반사회성, 비윤리성 등)

청소년의 건전한 인격과 시민의식 형성을 저해하는 다음 각호의 1에 해당하는 내용이 표현된 것은 청소년유해간행물로 판단한다.

1. 도박 방법을 구체적으로 기술하는 등 사행심을 조장할 우려가 현저한 것
2. 사기, 절도 등 불법적인 행위, 방법 등을 구체적으로 묘사한 것
3. 자살 또는 자해 행위를 미화하거나 조장하는 것
4. 역사적 사실을 왜곡하거나 국가와 사회 존립의 기본체제를 훼손할 우려가 있는 것
5. 합리적 이유 없이 성별, 종교, 장애, 연령, 사회적 신분, 인종, 지역, 직업 등을 악의적으로 차별 또는 비하하거나 이에 대한 편견을 조장하는 것
6. 기타 청소년의 건전한 인격과 시민의식 형성을 저해할 우려가 있는 것

제9조(청소년 유해 행위 등)

청소년에게 유해한 행위 등을 구체적이며 사실적으로 알려주는 다음 각 호의 1에 해당하는 내용이 표현된 것은 청소년유해간행물로 판단한다.

1. 청소년을 대상으로 한 성적 행위를 조장하는 것
2. 아동 또는 청소년을 성 유희의 대상으로 묘사한 것
3. 청소년유해업소에의 청소년 고용과 청소년 출입을 조장하는 것
4. 청소년에게 청소년 성매매 등 불건전한 교제를 조장하는 것
5. 청소년의 탈선을 흥미 위주로 과장 묘사, 조장하는 것
6. 음주, 흡연 등 기타 법률로 청소년에게 금지되어 있는 행위를 조장하는 것

[작품 제목]_[필명]

작품명			
필명		장르 및 연령가	
이메일		예상 완결 분량	
주요키워드			
연재처		출간 이력	

작품 소개 및 특징
기획 의도(로그 라인): 셀링 포인트:

등장인물 소개

시놉시스

기승전결

[괴물 공작이 밤마다 침실을 찾아와 곤란하다]

작품명	괴물 공작이 밤마다 침실을 찾아와 곤란하다		
필명	김출판	장르 및 연령가	로판/전연령대
이메일	romancenovel@	예상 완결 분량	140화 (공포 70만 자)
주요키워드	선결혼후연애, 몸정 > 맘정, 오만남, 이중인격, 혐관 > 순애		
연재처	조아라	출간 이력	없습니다/신인

작품 소개 및 특징
기획 의도(로그 라인): 가정 폭력은 한 사람의 인생에 씻을 수 없는 상처를 남긴다. **셀링 포인트**: 두 얼굴을 가진 자낮 남주가 햇살 여주를 만나 사랑으로 구원받는 힐링물이 보고 싶을 때

등장인물 소개
남주: 헤르베르트 아카반(25살/대공) 살기 위해 스스로 괴물이 된 남자. 아버지의 공작위를 찬탈해 피로 물든 대공의 자리에 오르지만 밤이 되면 사용인들을 모두 무르고 공작저를 홀로 지킨다. **여주**: 릴리안 마델라인(20살/백작가 사생아) 살기 위해 괴물로부터 탈출하려는 여주. 백작가의 사생아로 태어나 아버지에 의해 팔리듯 남주와 정략결혼을 올린다. 밤이 되면 사용인들이 모두 사라진 틈을 타 공작저를 탈출하기로 결심하지만 첫날밤 그의 비밀을 알게 된다.

시놉시스

어린 시절 심한 가정 폭력 속에 자라난 헤르베르트는 아버지의 폭력으로 어머니를 잃고 만다. 어머니의 죽음이 자신 때문이라고 여긴 남주는 아버지를 이기기 위해 힘을 기르지만 어릴 적부터 심어진 아버지에 대한 공포로 살아남기 위해 괴물 인격을 창조해 낸다. 그 인격으로 아버지의 공작위를 찬탈해 세간에 괴물 공작이라는 악명을 얻은 그는 낮에는 괴물, 밤에는 원래의 인격으로 살아간다. 다른 인격일 때의 기억은 모조리 잃어버리는 탓에 남주는 여주를 실수로 죽일까 봐 최대한 거리를 두지만 원래 인격은 여주와 사랑에 빠지게 되고, 그녀와 함께 지낼 수 있는 방법을 찾기 시작한다. 결국, 트라우마의 시작점이 된 사건에 당신의 잘못은 전혀 없다는 릴리안의 고백으로 헤르베르트의 서로 다른 인격은 융합되고 둘은 서로에게 안식처가 된다.

기승전결

괴물 공작이라 불리는 남주에게 팔리듯 정략결혼을 한 릴리안. 살기가 담겨 있는 남주의 눈빛을 보고 결혼식을 마치자마자 야반도주를 계획한다. 밤이 되고, 도망치려는 릴리안 앞에 나타난 헤르베르트. 하지만 그는 녹아내릴 듯 너무 다정했고, 릴리안은 결국 남주와 첫날밤을 보낸다. 하지만 낮에는 괴물 공작으로 돌아와 그녀를 멀리하는 남주를 보고 여주는 혼란스러워한다. 릴리안은 헤르베르트의 비밀을 파헤치다 그가 이중인격을 지녔다는 사실을 알게 된다. 남주의 치유를 위해선 인격 분열을 일으킨 트라우마를 알아내야 한다는 걸 깨닫는다. 그에게 트라우마가 된 사건은 어린 시절 가정 폭력이었고, 어머니의 죽음이 자신에게 있다는 강한 죄책감에 아버지로부터 어머니를 보호하기 위해 괴물이라는 인격을 만들어 냈다는 사실을 알게 된다. 릴리안은 헤르베르트의 두 인격을 하나로 융합해 그의 트라우마를 치유해 준다.

6장

출판사 사로잡는 완벽한 시놉시스 작성하기

01
장르 확정하기

장르는 무료 연재를 시작했을 때 이미 확정했을 겁니다. 장르가 바뀌는 경우는 거의 없기 때문에 여러분이 선택한 장르를 기재합니다.

02

작품 제목

작품 제목도 무료 연재를 할 때 만든 제목을 입력합니다. 혹여라도 미공개 투고를 염두하고 무료 연재 파트를 읽지 않으신 분들이라면 '5. 무료 연재로 독자 사로잡기 — 2) 작품명 정하기'를 참고해 제목을 만들면 됩니다.

제목은 유료 연재 전까지 변경할 수 있습니다. 독자들의 관심도를 높이는 제목도 중요하지만, 개인적으로는 작가 본인의 마음에도 들어야 합니다. 상업작으로 출간된 이후에는 필명을 바꾸거나 절판하지 않는 한, 제목은 절대 바꿀 수 없기 때문입니다.

_ □ ×

03
이름/필명

출판사 투고를 할 때, 실명과 필명 두 가지 모두 요청하는 곳이 있고, 필명만 요청하는 곳도 있습니다. 출판사 측에 투고용 시놉시스가 없어 자유 형식으로 투고가 가능한 경우에는 필명만 기재해도 좋습니다. 투고에 합격하고 계약서를 작성할 때는 이름을 포함한 개인 정보를 모두 제공해야 합니다.

04
예상 분량

완결고가 아닌 경우에는 작품의 예상 분량을 기재해야 합니다. 어느 정도 숙련된 작가라면 완결 예상고를 계산하는 데 어려움이 없겠지만 신인이거나 경험이 없는 경우에는 채우기가 난감할 수 있습니다. 이때 유의해야 할 점은 예상 분량이 실제 완결 분량보다 많아서는 안 됩니다. 간단히 말해 예상 분량을 100화로 제출했는데 실제 완결 분량은 80화로 미달되면 문제입니다.

출판사 측에서는 회차가 많을수록 작품이 런칭된 후 벌어들이는 수익이 많아지므로 회차가 많은 걸 선호합니다. 현대로맨스의 경우에는 플랫폼마다 최소 요구 분량이 60화~75화 이상이며 로맨스 판타지의 경우에는 120화 이상입니다. 최근에는 로맨스 판타지의 경우, 200화가 넘어가는 작품들도 많아지는 추세입니다. 현판이나 판타지, 무협 장르는 여성향 웹소설의 최소 2배에서 1,000화가 넘어가는 분량입니다. 만약, 여러분이 쓰고 있는 작품의 완결고가 최소 회차보다 더 적다면 웹소설보다는 단행본으로 출간될 확률이 높습니다.

예상 분량을 추정하는 방법은 작품의 기-승-전-결과 트리트먼트를 기준으로 완결 예상 회차를 계산하면 됩니다. 에필로그나 외전은 제외한 본편의 완결 분량으로 작성하고, 제출 시 표기법은 80화 내외 등으로 표시합니다.

_ □ ×

05
이용 등급

	허용/비허용
전 연령대	성행위, 노출, 비속어(욕), 술, 담배, 마약, 공보, 반사회적, 불법적인 내용 불가
15세 이용가	부분 노출 가능, 성관계 간접 묘사 가능, 비사실적 살해 묘사, 비속어 가능, 경미한 범죄 가능
19세 이용가	애무, 생식기 표현 가능, 성관계, 잔인한 장면 묘사 가능

웹소설은 기본적으로 간행물 윤리위원회와 방송통신심의위원회에서 규정하는 내용을 준수해야 합니다. 전 연령대의 경우에는 성적인 묘사와 비속어 및 불법적 내용이 대부분 금지됩니다. 15세 이용가라 하더라도 모든 소재가 허용되는 것이 아니며 19세의 경우에는 플랫폼마다 금지되는 내용이 다릅니다.

문제 소지가 있는 내용을 소재로 사용할 경우, 플랫폼 런칭 시 프로모션에서 제외됩니다. (이용자들에게 푸쉬 알람으로 배너 광고 및 홍보를 하는 내용이라 조금이라도 논란이 될 소재가 있는 경우에는 제외됩니다.) 특히, 근친 소재, 성범죄, 도촬, 인신매매, 미성년 성애 등은

19세라 하더라도 출판사 측에서 내용 수정 또는 프로모션 없이 출간될 수 있습니다.

따라서 이용 등급에 맞는 내용으로 소재 및 줄거리 집필을 해야 하고, 전 연령대나 15세 이용가의 경우에는 되도록 논란이 될 소재나 사건은 제외하고 시놉시스와 트리트먼트를 짜야 합니다.

06
작가 이력

출간작이 있으면 출간작과 출간 연도, 런칭 플랫폼을 기재합니다. 없을 경우, '없음' 혹은 '신인 작가'로 표기하면 됩니다.

07
연락처

이메일 또는 휴대폰 연락처를 기재합니다. 투고 합격을 하더라도 전화로 알려주는 경우는 거의 없습니다. 계약이 진행되더라도 대부분 이메일로 연락을 주고받기 때문에 출판사 측에서 먼저 요청하지 않을 경우 휴대폰 번호는 반드시 기재할 필요는 없습니다.

08
연재처 링크/선작

투고할 수 있는 작품은 유료 연재 이력이 없는 작품이어야 합니다. 한 번이라도 유료로 판매된 적이 있는 작품이라면 투고를 받아주지 않는 출판사가 많습니다. 무료 연재작의 경우에만 출판사 투고가 가능합니다.

미공개 원고로 투고를 하면 해당란에 '없음'으로 기재하면 되지만 무료 연재 이력이 있으면 성적이 낮더라도 기재하는 것이 좋습니다. 출판사 측에서 작품의 연재 이력을 검색해 볼 때도 있습니다.

09
키워드

키워드는 대표 키워드만 넣으면 됩니다. 장르를 기재하는 칸이 따로 있어 작품의 소재와 줄거리 키워드, 남주와 여주 대표 키워드로 5개~10개 정도 입력합니다.

_ □ ×

10
기획 의도/로그 라인/셀링 포인트(감상 포인트)

이 부분부터는 매우 중요합니다. 출판사 투고에 합격 여부와 상관없이 여러분이 작품을 얼마나 사랑하고 잘 알고 있는지 세상에 보여주는 부분이기 때문입니다. 작품의 첫 번째 독자는 바로 여러분입니다. 여러분이 작품에 대해 알고 있는 만큼 독자와 출판사에게 어필할 수 있기 때문에 남들의 평가보다는 스스로 작품을 얼마나 사랑하고 잘 알고 있는지 보여주세요.

파트	내용	질문
기획 의도 로그 라인	작품의 주제	1. 스토리를 관통하는 가치는 무엇인가? 2. 작품을 통해 보여주고 싶은 인간 행동이나 세계관에 대한 여러분의 가치관은 무엇인가?
셀링 포인트	독자에게 후킹되는 내용 작품의 스토리 라인 작품 줄거리를 1~2줄로 요약	1. 작품의 메인 키워드가 무엇인가? 2. 주인공의 키워드가 무엇인가?

그렇다면 위 내용을 바탕으로 영화 타이타닉의 장르와 기획 의도(로그 라인) 및 셀링 포인트를 생각해 봅시다. 충분히 생각했으면 아래로 내려갑시다.

	타이타닉
장르	재난물
기획 의도 로그 라인	사람들의 안전 불감증에 대한 경종을 울리자
셀링 포인트	서로 다른 세계의 두 남녀가 만나 이 세상의 마지막 순간까지 함께하는 운명적인 사랑이 보고 싶을 때

아마 장르에서부터 여러분의 예상을 빗나갔을 수 있는데요. 저 또한 할리우드 스토리 컨설턴트인 리사 크론의 얘기를 읽기 전까진 타이타닉을 단순히 새드 무비로만 인식하고 있었습니다. 로맨스 영화인데 두 남녀가 해피 엔딩을 맞이하지 못했기 때문입니다. 그런데 타이타닉이 재개봉을 하면서 관련 자료를 찾던 도중, 리사 크론이 타이타닉의 주제가 안전 불감증에 대한 경고를 위한 것이라는 내용을 듣고 입으로 '말도 안 돼!'를 외쳤습니다. 제가 생각한 주제와 너무 동떨어졌기 때문입니다. 사랑 이야기가 아니었다고?

그런데 주제를 안전 불감증으로 놓고 작품을 다시 감상하니 영화에 등장하는 모든 인물의 행동이 일관성 있게 정리가 되었습니다. 만약 두 남녀의 사랑 이야기(로맨스)가 주제였다면 잭은 절대 죽지 않았겠죠. 그런데 장르를 재난물이라 생각하니 잭의 희생으로 작품의 주제가 완성되는 느낌이었습니다. 만약 두 인물이 해피엔딩으로 끝났다면 작품의 주제라고 할 수 있는 안전 불감증에 대한 내용은 완전히 희석되어 의미를 잃었을 겁니다.

작품의 주제는 거창할 필요는 없지만, 작품에 등장하는 모든 인물의 행동을 일관성 있게 설명하는 가치와 주제입니다.

작품의 주제는 독자에게 제공되지 않지만 셀링 포인트는 독자들을 직접적으로 후킹하는 내용입니다. **리디북스의 작품 소개 내용 중 '이럴 때 보세요'를 참고**해 작성하면 됩니다.

예시) 상처 많은 회귀한 성기사가 햇살 여주를 만나 구원받는 이야기가 보고 싶을 때

_ □ ×

11
등장인물

작품에서 핵심 역할을 하는 등장인물을 작성하면 됩니다. 장편일 경우, 남자 주인공, 여자 주인공, 여자 조연, 남자 조연, 악역 등 최대 4명까지 작성하며 역하렘이나 육아물처럼 남주 후보가 다수 등장하는 경우에는 각 남주들에 대한 설명을 해줍니다.

	남자 주인공
이름	차윤혁
나이	25살
직업	K그룹 후계자
인물 1줄 요약	캐릭터의 특성을 나타내자 (인물 키워드 중심)
인물 설명	인물이 작품 내에서 가지고 있는 목표 설명

인물의 이름과 나이 직업은 필수로 적습니다. 1줄 요약은 출판사 담당자분의 이해를 돕기 위한 내용으로 '태어나 단 한 번도 실패하지 않은 오만남' 등과 같이 인물의 캐치프레이즈를 한 줄로 넣어줍니다. 반

드시 넣어야 할 내용은 아닙니다. **인물에 대해 설명할 때 중요한 점은 작품 안에서 인물이 가진 욕망과 달성하려는 목표나 방향을 초점에 맞춰 써야 합니다.**

—□×

12
시놉시스 (줄거리 요약)

시놉시스만 요구하는 출판사도 있고, 시놉시스와 기승전결 각각 따로 요청하는 곳이 있습니다. 따라서 두 가지를 분리해 작성하되 둘 중 하나만 요청할 때는 시놉시스로 작성한 내용을 보내면 됩니다.

내용	이름	파트
자연적으로 흐른 사건의 시간	스토리	시놉시스(줄거리 요약)
작가가 인위적으로 서술한 시간	플롯	기승전결

'기승전결에서 기를 쓰는 것이 아니다'에서 설명했던 것처럼 스토리는 사건이 시간 순서대로 흐른 내용이며, 플롯은 인과관계에 따라 사건을 작가가 임의로 재배열한 내용입니다.

	내용
플롯 (기승 전결)	괴물 공작이라 불리는 남주에게 팔리듯 정략결혼을 한 여주. 살기가 담겨 있는 남주의 눈빛을 보고 결혼식을 마치자마자 야반도주를 준비한다. 밤이 되고, 도망치려는 여주 앞에 나타난 남주. 하지만 그는 녹아내릴 듯 너무나 다정하다. 여주는 결국 남주와 첫날밤을 보낸다. 하지만 낮에는 괴물 공작으로 돌아와 그녀를 멀리하는 남주를 보고 여주는 혼란스러워한다. 여주는 남주의 비밀을 파헤치다 그가 이중인격을 지녔다는 사실을 알게 된다. 남주를 치유하기 위해선 인격 분열을 일으킨 트라우마를 알아내야 한다는 걸 깨닫는다. 그에게 트라우마가 된 사건은 어린 시절 가정 폭력이었고, 어머니의 죽음의 원인을 남주 스스로 가지고 있음을 알게 된다. 아버지로부터 어머니를 보호하기 위해 괴물이라는 인격을 만들어 냈다. 여주는 남주의 두 인격을 하나로 융합해 그의 트라우마를 치유해 준다.
스토리 (줄거리 시놉시스)	어린 시절 심한 가정 폭력 속에 자라난 남주는 아버지의 폭력으로 결국 어머니를 잃고 만다. 어머니의 죽음이 자신 때문이라고 여긴 남주는 아버지를 이기기 위해 힘을 기르지만, 아버지를 향한 공포심에 또 다른 인격을 창조해 낸다. 아버지의 공작위를 찬탈해 세간에 괴물 공작이라는 명성을 얻은 그는 낮에는 괴물, 밤에는 원래의 인격으로 살아가던 도중 여주와 정략결혼을 한다. 다른 인격일 때의 기억은 모조리 잃어버리는 탓에 남주는 여주를 실수로 죽일까 봐 최대한 거리를 두지만 원래 인격은 여주와 사랑에 빠지게 되고, 그녀와 함께 자신의 병을 치료할 방법을 찾는다. 결국, 트라우마의 시작점이 된 사건에 당신의 잘못은 전혀 없다는 여주의 고백에 남주의 서로 다른 인격은 융합되고 둘은 영원한 사랑을 맹세한다.

플롯은 작가가 사건의 흐름을 인위적으로 재배열한 흐름이며(스토리 중 독자가 흥미를 느낄만한 공작 괴물과 정략결혼을 한 첫날 밤 죽지

않기 위해 도주를 결심하는 여주) 스토리는 각 인물의 과거부터 현재까지의 사건을 시간 흐름대로 서술한 내용입니다.

플롯은 독자에게 반전을 줄 수 있도록 사건을 재구성하는 것이고, 스토리는 인물이 현재 왜 그렇게 됐는지 그 이유를 알려주는 내용입니다. 시놉시스와 플롯의 구조가 일치하는 때도 있지만 이 경우, 독자들은 작품에 쉽게 빠져들 수 없습니다. 남주의 어린 시절부터 시간 순서대로 진행된다면 후킹되는 부분이 없기 때문입니다.

작가가 창조해 내는 스토리는 모두 흥미롭고 재밌습니다. 다만, 상업적으로 흥행 여부는 스토리를 플롯으로 재배열한 구조에 달려 있습니다. 따라서 여러분의 스토리를 어떻게 재배열해야 독자가 흥미를 느낄 수 있는지 여러 가지 플롯을 적용해 작품 뼈대를 만들어야 합니다.

13 기승전결

기승전결은 시놉시스 파트와 함께 위에서 설명한 내용입니다. 기승전결은 작품의 플롯이며 작가가 스토리를 인위적으로 재배열한 사건 구조입니다. 회상 장면이 등장하는 것이 스토리를 플롯으로 재구성했다는 증거입니다.

지속적으로 얘기하는 내용 중 하나는 '완결을 내자', '작품을 집필하기 전 되도록 세세한 시놉시스 및 트리트먼트를 구성하자' 인데요. 그 이유가 여기에 있습니다. 스토리를 재밌게 재구성하기 위해서는 이야기의 처음과 끝이 있어야 합니다.

14
작가 한마디

작가 한마디는 작가의 자기소개 혹은 저자 이력이라고 보시면 됩니다. 특별한 형식은 없습니다. '고양이를 좋아합니다' 등의 취향을 언급해도 좋고, 전체 작품을 관통하는 가치에 대해 서술해도 무방합니다. 독자에게 작가에 대한 정보를 전달하는 부분입니다.

7장

출판사 투고하는 방법

출판사에서 요구하는 투고 양식을 채워 원고와 함께 메일로 보내면 됩니다. 출판사마다 투고 시기 및 투고 방식이 달라 보내기 전 미리 확인해야 합니다.

	1단계	2단계
무료 연재 후 출판사 투고	장르별 투고처 체크	투고 양식 및 투고 방법 확인하기
미공개 원고 투고	장르별 투고처 체크	투고 양식 및 투고 방법 확인하기

무료 연재와 출판사 투고를 모두 해보면 아시겠지만 두 방법 모두 굉장한 노력이 필요한 일들입니다. 출판사 투고의 경우에도 출판사 별로 요구하는 원고 분량 및 투고 양식이 다르기 때문에 하나의 파일로 일괄적으로 보낼 수 없습니다. 또한 원칙적으로 출판사에서는 동시 투고를 허락하지 않고 있습니다. 요령껏 투고하되 각 출판사에서 출간한 작품 리스트를 보면 어떤 작품이 합격할지 미리 예측할 수 있습니다. 여러분의 작품과 비슷한 작품이 많은 곳에 합격할 확률이 높습니다.

출간작이 없는 경우에는 무료 연재와 동시에 출판사 투고를 함께 진행해 보시는 걸 추천합니다. 상업적으로 팔리는 글인지 출판사 피드백으로 알 수 있기 때문인데요. 무료 연재 없이 출판사 투고로 합격했다 하더라도 출판사 측에서 먼저 무료 연재를 제시할 수도 있고, 무료 연재의 성적이 좋다면 출판사에서 먼저 컨택이 옵니다. 두 개의 방식이 서로 배타적이지 않고 어느 정도 교집합을 차지하기 때문에 신인 작가분들이라면 두 가지 모두 시도해 보는 걸 추천합니다.

01
출판사마다 요구하는 최소 기준은 다르다

투고를 결심했다면 작품의 장르와 일치하는 출판사에 모두 넣어 보는 것이 기본이지만 자신의 작품과 취향이 맞는 곳은 따로 있습니다. 연예인 소속사에서도 흔히 '소나무' 취향이 있듯 각 출판사마다 임프린트 브랜드라고 해서 작품의 장르 및 분위기에 따라 출판되는 작품이 각각 다릅니다.

웹소설 작가에 도전하는 사람이라면 헤비 독자인 경우가 많은데요. 우선 자신이 자주 읽었던 작품의 출판사를 가장 먼저 고려하는 것이 좋습니다. 자신의 취향을 저격하는 작품이기 때문에 본인이 쓴 작품의 성격과 맞을 확률이 높습니다.

만약 여러분이 선호하는 출판사의 검토 기간이 길어지거나 반려를 당했다면 다른 출판사에도 투고를 넣어 봅시다. 투고는 온전히 작가의 손에 달려 있고, 출판사마다 투고 서식이나 요구하는 원고 분량이 조금씩 다릅니다. 메일로 투고를 받는 출판사도 있고, 구글 폼을 통해 투고를 받는 등 출판사마다 기준이 다릅니다. 보너스 자료로 제공한 출판사 리스트를 확인해 보세요.

특히, 요구하는 원고 분량은 출판사마다 공미포, 공포 등 기준이 다르기 때문에 꼼꼼한 확인이 필요합니다. 출판사에서 투고를 받을 때, 시놉시스 미작성 및 원고 분량이 부족할 경우, 자체적으로 탈락시킨다는 문구가 있습니다. 투고에 합격했다면 가계약서를 받아 독소 조항은 없는지 확인합니다.

02
투고용 메일은 분리하자

투고용이나 출판사와 연락하는 메일 계정은 새로 만드는 것이 좋습니다. 무료 연재처나 작가 소개에 메일 주소를 올려놓으면 출판사 컨택을 받을 수도 있습니다. 여러분의 작품을 본 독자의 연락이 오기도 합니다. 독자에게도 공개되기 때문에 필명과 관련한 메일 주소로 생성하면 좋습니다.

03
워너비 출판사에 가장 먼저 보내진 말자

작품을 꼭 내고 싶은 출판사가 있다면 투고를 가장 먼저 그곳으로 보내지 말고, 우선 다른 곳에 투고해보세요.. 작품이 반려될 경우, 피드백을 주는 출판사도 있기 때문에 피드백 받은 내용을 참고해 수정할 사항은 수정한 뒤, 워너비 출판사에 투고해 봅시다.

출판사마다 합격이나 반려를 할 때, 작품에 대한 리뷰나 피드백이 제공될 수 있습니다. 해당 리뷰를 모두 사실로 받아들일 필요는 없습니다. 위에서 말했듯이 출판사마다 추구하는 방향이 달라 A 출판사에서는 보완할 점이라고 말해주는 부분이 B 출판사에서는 작품에서 좋은 점이라고 말해주는 경우가 생각보다 많습니다. 이런 일이 왜 발생하는 걸까요?

작품을 가장 잘 알고 있는 건 작가 본인이기 때문입니다. 출판사 편집자라 하더라도 여러분이 보낸 시놉시스와 미완성 원고만을 보고 작품에 대해 완벽하게 파악할 수는 없습니다. 하루에도 수십 개 혹은 수백 개의 작품을 확인해야 하는 출판사의 입장에서는 원고도 읽지 않고, 시놉시스 부분만 읽은 후 작품 평가를 하기도 합니다.

투고 반려 메일을 받으면 사람인지라 기분이 좋지만은 않습니다. 이럴 땐 '중꺾마'를 떠올립시다. **중요한 건 꺾였는데도 그냥 하는 마음.**

투고한 작품이 반려될 경우, 재투고를 원칙적으로 불허하기 때문에 해당 작품으로는 똑같은 출판사에 투고할 수 없습니다. 따라서 투고할 때, 조금이라도 실수한 부분은 없는지 마지막까지 신중히 확인하고 보냅시다.

04
투고용 메일 양식

구글폼 등을 통해 투고를 받을 경우에는 출판사에서 요청한 정보만 입력한 뒤, 원고를 보내면 됩니다. 메일로 보낼 때는 원고 및 시놉시스와 함께 메일 본문 내용을 채워야 하는데요. 메일 본문 양식도 정해진 바 없이 자유 형식을 따르면 되지만 다음과 같은 형태로 보냅니다.

	메일 내용
출판사 레이블 및 인사말	출판사마다 장르별 레이블이 다릅니다. 따라서 투고하려는 작품에 맞는 출판사 레이블을 첫 줄에 적으면서 가벼운 인사말을 넣어주면 좋습니다.
해당 레이블에서 출간한 작품 언급	해당 레이블에서 출간한 최신 작품이나 가장 재미있게 읽은 작품명을 언급합니다. 투고하려는 작품과 가장 비슷한 분위기와 장르를 선택하면 좋지만, 취향이 꼭 작품과 일치하진 않기 때문에 본인이 가장 즐겨 읽은 작품을 언급합니다.
투고 작품 시놉시스	시놉시스 양식에서 작품명, 필명, 장르 및 연령가, 이메일, 예상 완결 분량, 키워드, 연재처, 출간 이력 등이 포함된 표를 붙여넣기 합니다. 첨부 파일에 포함된 내용이지만 담당자분의 편의를 위해 넣어줍니다.

위 내용을 반드시 따라야 하는 건 아닙니다. 다만, 투고한다는 내용만 담을 경우 무지성으로 이곳저곳 투고하려는 작품으로 보일 수 있기 때문에 해당 출판사의 작품을 즐겨 보고 있다는 내용을 어필하면 좋습니다.

05
월, 금은 피해서 메일을 보내자

투고를 할 때, 금요일과 월요일, 연휴 전후와 대형 출판사의 투고 결과가 발표되는 시기는 피해서 메일을 보냅니다. 출판사 직원도 사람이기 때문에 금요일 오후부터는 투고용 메일에 회신하지 않을 가능성이 높습니다. 월요일은 금, 토, 일에 투고한 메일이 쌓여 있기 때문에 순서대로 처리할 가능성이 높아 답장이 늦어집니다. 또한, 연휴 기간이 있는 경우에도 투고 확인이 늦어지기 때문에 연휴 기간이 없는 화~목에 메일을 보내는 것이 좋습니다.

대형 출판사의 경우, 자사 홈페이지나 블로그를 통해 특정 기간에만 투고를 오픈합니다. 이때, 원고가 600개~1,000개까지 수집되고 합격하는 작품은 소수에 불과하기 때문에 반려된 작품은 무료 연재나 출판사 투고를 진행하게 됩니다.

대형 출판사의 투고 결과가 발표된 직후에 투고용 메일을 보낼 경우, 리뷰할 원고가 많아 상대적으로 탈락할 확률이 높아집니다. 출판사에서도 계약한 일러스트레이터와 플랫폼에 런칭할 수 있는

슬롯이 각각 다르기 때문에 경쟁자가 많은 시기에 투고를 하는 건 좋은 전략이 아닙니다.

출판사에서 공개적으로 투고 일정을 공지할 때, 합격자 발표 시기도 함께 알려주기 때문에 그 기간보다 2~3주 앞서 투고를 하거나 결과 발표가 난 직후에는 투고를 피하는 것이 좋습니다.

마무리

긴 여정을 함께 해주셔서 감사합니다. 이제 여러분이 작품을 쓰기 위한 여정만이 남았습니다. 모두가 원하는 목적지에 도착해 여러분의 작품을 만나는 독자들이 많아졌으면 하는 바람입니다. 여러분의 작품이 아름다운 빛으로 세상을 밝히길 진심으로 바랍니다.